日月楼中日月长

丰子恺家庭影像 随笔 漫画精选集

丰子恺 …… 著

丰一吟 …… 影像授权

上海文化出版社

丰子恺先生一生移居过许多地方，飘泊的生活却始终没有扰乱他超逸的心灵和对家园的依恋。每到一地，他总要因陋就简营造一个宁静而温暖的家，并为这个家园取一个意味深长的名字。

　　"小杨柳屋"是他在浙江上虞春晖中学任教时住的陋屋；而"缘缘堂"的匾额，曾悬挂在他在上海江湾和故乡石门湾的寓所门楣上；遵义南潭巷的"星汉楼"和重庆的"沙坪小屋"是他在流离途中温馨的家。

　　1954年9月，丰子恺先生移居上海陕西南路。丰家二楼有个室内小阳台，三面有窗，上方还有天窗，室中可观日月星辰，别有一番兴味，丰子恺先生便将此寓所定名为"日月楼"。"日月楼"是丰子恺先生一生居住时间最长的地方，他在此定居，直至终老。

丰子恺在上海日月楼作画

　　自撰"日月楼中日月长"的诗句。后国学大师、书法家马一浮先生以此为下联，
题写"星河界里星河转，日月楼中日月长"的篆书对联赠予丰子恺。

在上海陕西南路日月楼弄口，弄名为丰子恺自书。

1955年妻徐力民六十大寿，在上海日月楼。

丰子恺与幼女一吟在上海日月楼

1963 年在日月楼

丰家的故事会。1962年，与孩子们在日月楼楼下看画册。

1957年，丰子恺六十大寿时在上海日月楼前摄。
第三排左起：丰华瞻、戚志蓉（丰华瞻妻）、丰陈宝、丰一吟、宋慕法（丰
宛音夫）、丰宛音、宋菲君（丰宛音长子）；

第二排左起：宋雪君（丰宛音次子）、徐力民、丰子恺、杨朝婴（丰陈宝女）；
前排左起：杨子耘（丰陈宝子）、宋樱时（丰宛音幼子）。

忆儿时

谁言我左额上的疤痕是缺陷？这是我的儿时欢乐的佐证，我的黄金时代的遗迹……好像是"脊杖二十，刺配军州"时打在脸上的金印，永久地明显地记录着过去的事实……但凭这脸上的金印，还可回溯往昔，追寻故乡的美丽的梦啊！

给我的孩子们

近来我的心为四事所占据了：天上的神明与星辰，人间的艺术与儿童。这小燕子似的一群儿女，是在人世间与我因缘最深的儿童，他们在我心中占有与神明、星辰、艺术同等的地位。

美与同情

艺术家所见的世界，可说是一视同仁的世界，平等的世界。艺术家的心，对于世间一切事物都给以热诚的同情。

忆儿时

谁言我左额上的疤痕是缺陷？这是我的儿时欢乐的佐证，我的黄金时代的遗迹……好像是『脊杖二十，刺配军州』时打在脸上的金印，永久地明显地记录着过去的事实……但凭这脸上的金印，还可回溯往昔，追寻故乡的美丽的梦啊！

江南古镇桐乡石门的西竺庵母
校，丰子恺在此读小学

忆儿时[①]

一

我回忆儿时，有三件不能忘却的事。

第一件是养蚕。那是我五六岁时、我祖母在日的事。我祖母是一个豪爽而善于享乐的人，良辰佳节不肯轻轻放过。养蚕也每年大规模地举行。其实，我长大后才晓得，祖母的养蚕并非专为图利，叶贵的年头常要蚀本，然而她喜欢这暮春的点缀，故每年大规模地举行。我所喜欢的，最初是蚕落地铺。那时我们的三开间的厅上、地上统是蚕，架着经纬的跳板，以便通行及饲叶。蒋五伯挑了担到地里去采叶，我与诸姐跟了去，去吃桑葚。蚕落地铺的时候，桑葚已很紫而甜了，比杨梅好吃得多。我们吃饱之后，又用一张大叶做一只碗，采了一碗桑葚，跟了蒋五伯回来。蒋五伯饲蚕，我就以走跳板为戏乐，常常失足翻落地铺里，压死许多蚕宝宝，祖母忙喊蒋五伯抱我起来，不许我再走。然而这满屋的跳板，像棋盘街一样，又很低，走起来一点也不怕，真是有趣。这真是一年一度的难得的乐事！所以虽然祖母禁止，我总是每天要去走。

---

① 本篇曾载 1927 年 6 月 10 日《小说月报》第 18 卷第 6 号。

蚕上山之后，全家静默守护，那时不许小孩子们吵了，我暂时感到沉闷。然而过了几天，采茧，做丝，热闹的空气又浓起来了。我们每年照例请牛桥头七娘娘来做丝。蒋五伯每天买枇杷和软糕来给采茧、做丝、烧火的人吃。大家认为现在是辛苦而有希望的时候，应该享受这点心，都不客气地取食。我也无功受禄地天天吃多量的枇杷与软糕，这又是乐事。

七娘娘做丝休息的时候，捧了水烟筒，伸出她左手上的短少半段的小指给我看，对我说：做丝的时候，丝车后面，是万万不可走近去的。她的小指，便是小时候不留心被丝车轴棒轧脱的。她又说："小囡囡不可走近丝车后面去，只管坐在我身旁，吃枇杷，吃软糕。还有做丝做出来的蚕蛹，叫妈妈油炒一炒，真好吃哩！"然而我始终不要吃蚕蛹，大概是我爸爸和诸姐都不要吃的原故。我所乐的，只是那时候家里的非常的空气。日常固定不动的堂窗、长台、八仙椅子，都收拾去，而变成不常见的丝车、匾、缸。又不断地公然地可以吃小食。

丝做好后，蒋五伯口中唱着"要吃枇杷，来年蚕罢"，收拾丝车，恢复一切陈设。我感到一种兴尽的寂寥。然而对于这种变换，倒也觉得新奇而有趣。

现在我回忆这儿时的事，常常使我神往！祖母、蒋五伯、七娘娘和诸姐都像童话里、戏剧里的人物了。且在我看来，他们当时这剧的主人公便是我。何等甜美的回忆！只是这剧的题材，现在我仔细想想觉得不好：养蚕做丝，在生计上原是幸福的，然其本身是数万的生灵的杀虐！《西青散记》里面有两句仙人的诗句："自织藕丝衫子嫩，可怜辛苦赦春蚕。"安得人间也发明织藕丝的丝车，而尽赦天下的春蚕的性命！

我七岁上祖母死了①，我家不复养蚕。不久父亲与诸姐弟相继死亡，家道衰落了，我的幸福的儿时也过去了。因此这回忆一面使我永远神往，一面又使我永远忏悔。

二

　　第二件不能忘却的事，是父亲的中秋赏月，而赏月之乐的中心，在于吃蟹。

　　我的父亲中了举人之后，科举就废，他无事在家，每天吃酒，看书。他不要吃羊、牛、猪肉，而喜欢吃鱼、虾之类。而对于蟹，尤其喜欢。自七八月起直到冬天，父亲平日的晚酌规定吃一只蟹，一碗隔壁豆腐店里买来的开锅热豆腐干。他的晚酌，时间总在黄昏。八仙桌上一盏洋油灯，一把紫砂酒壶，一只盛热豆腐干的碎瓷盖碗，一把水烟筒，一本书，桌子角上一只端坐的老猫，我脑中这印象非常深刻，到现在还可以清楚地浮现出来。我在旁边看，有时他给我一只蟹脚或半块豆腐干。然我喜欢蟹脚。蟹的味道真好，我们五个姊妹兄弟，都喜欢吃，也是为了父亲喜欢吃的原故。只有母亲与我们相反，喜欢吃肉，而不喜欢又不会吃蟹，吃的时候常常被蟹螯上的刺刺开手指，出血；而且抉剔得很不干净，父亲常常说她是外行。父亲说：吃蟹是风雅的事，吃法也要内行才懂得。先折蟹脚，后开蟹斗……脚上的拳头（即关节）里的肉怎样可以吃干净，脐里的肉怎样可以剔出……脚爪可以当作剔肉的针……蟹螯上的骨头可拼成一只很好看的蝴蝶……父亲吃蟹真是内行，吃

───────────────

① 作者祖母卒于1902年5月，当时作者五岁。

/ 5 /

得非常干净。所以陈妈妈说："老爷吃下来的蟹壳，真是蟹壳。"

蟹的储藏所，就在天井角落里的缸里，经常总养着十来只。到了七夕、七月半、中秋、重阳等节候上，缸里的蟹就满了，那时我们都有得吃，而且每人得吃一大只，或一只半。尤其是中秋一天，兴致更浓。在深黄昏，移桌子到隔壁的白场①上的月光下面去吃。更深人静，明月底下只有我们一家的人，恰好围成一桌，此外只有一个供差使的红英坐在旁边。大家谈笑，看月亮，他们——父亲和诸姐——直到月落时光，我则半途睡去，与父亲和诸姐不分而散。

这原是为了父亲嗜蟹，以吃蟹为中心而举行的。故这种夜宴，不仅限于中秋，有蟹的节季里的月夜，无端也要举行数次。不过不是良辰佳节，我们少吃一点，有时两人分吃一只。我们都学父亲，剥得很精细，剥出来的肉不是立刻吃的，都积受在蟹斗里，剥完之后，放一点姜醋，拌一拌，就作为下饭的菜，此外没别的菜了。因为父亲吃菜是很省的，而且他说蟹是至味，吃蟹时混吃别的菜肴，是乏味的。我们也学他，半蟹斗的蟹肉，过两碗饭还有余，就可得父亲的称赞，又可以白口吃下余多的蟹肉，所以大家都勉力节省。现在回想那时候，半条蟹腿肉要过两大口饭，这滋味真好！自父亲死了以后，我不曾再尝这种好滋味。现在，我已经自己做父亲，况且已经茹素，当然永远不会再尝这滋味了。唉！儿时欢乐，何等使我神往！

然而这一剧的题材，仍是生灵的杀虐！因此这回忆一面使我永远神往，一面又使我永远忏悔。

---

① 白场，作者家乡话，意即场地。

/6/

第三件不能忘却的事，是与隔壁豆腐店里的王囡囡的交游，而这交游的中心，在于钓鱼。

那是我十二三岁时的事，隔壁豆腐店里的王囡囡是当时我的小侣伴中的大阿哥。他是独子，他的母亲、祖母和大伯，都很疼爱他，给他很多的钱和玩具，而且每天放任他在外游玩。他家与我家贴邻而居。我家的人们每天赴市，必须经过他家的豆腐店的门口，两家的人们朝夕相见，互相来往。小孩们也朝夕相见，互相来往。此外他家对于我家似乎还有一种邻人以上的深切的交谊，故他家的人对于我特别要好，他的祖母常常拿自产的豆腐干、豆腐衣等来送给我父亲下酒。同时在小侣伴中，王囡囡也特别和我要好。他的年纪比我大，气力比我好，生活比我丰富，我们一道游玩的时候，他时时引导我，照顾我，犹似长兄对于幼弟。我们有时就在我家的染坊店里的榻上玩耍，有时相偕出游。他的祖母每次看见我俩一同玩耍，必叮嘱囡囡好好看待我，勿要相骂。我听人说，他家似乎曾经患难，而我父亲曾经帮他们忙，所以他家大人们吩咐王囡囡照应我。

我起初不会钓鱼，是王囡囡教我的。他叫他大伯买两副钓竿，一副送我，一副他自己用。他到米桶里去捉许多米虫，浸在盛水的罐头里，领了我到木场桥头去钓鱼。他教给我看，先捉起一个米虫来，把钓钩由虫尾穿进，直穿到头部。然后放下水去。他又说："浮珠一动，你要立刻拉，那么钩子勾住鱼的颚，鱼就逃不脱。"我照他所教的试验，果然第一天钓了十几头白条，然而都是他帮我拉钓竿的。

第二天，他手里拿了半罐头扑杀的苍蝇，又来约我去钓鱼。途中他对我说："不一定是米虫，用苍蝇钓鱼更好。鱼喜欢吃苍蝇！"这一天我们钓了一小桶各种的鱼。回家的时候，他把鱼桶送到我家里，说他不要。我母亲就叫红英去煎一煎，给我下晚饭。

自此以后，我只管欢喜钓鱼。不一定要王囡囡陪去，自己一人也去钓，又学得了掘蚯蚓来钓鱼的方法。而且钓来的鱼，不仅够自己下晚饭，还可送给店里的人吃，或给猫吃。我记得这时候我的热心钓鱼，不仅出于游戏欲，又有几分功利的兴味在内。有三四个夏季，我热心于钓鱼，给母亲省了不少的菜蔬钱。

后来我长大了，赴他乡入学，不复有钓鱼的工夫。但在书中常常读到赞咏钓鱼的文句，例如什么"独钓寒江雪"，什么"渔樵度此身"，才知道钓鱼原来是很风雅的事。后来又晓得有所谓"游钓之地"的美名称，是形容人的故乡的。我大受其煽惑，为之大发牢骚：我想"钓鱼确是雅的，我的故乡，确是我的游钓之地，确是可怀的故乡"。但是现在想想，不幸而这题材也是生灵的杀虐！

我的黄金时代很短，可怀念的又只有这三件事。不幸而都是杀生取乐，都使我永远忏悔。

一九二七年梅雨时节①

---

① 本文篇末原未署日期。这里所署的日期是发表在《小说月报》时篇末所属。

幼时与姑母在姑母家

戊午夏五月初六日攝 時年二十一歲 初級師範三年級 子愷自誌

1918年，在杭州浙江省立第一师范学校读书时摄。

庚申十月二五日上午十一時二十分庭芳姊剪髮後之象于顥侍并題于上海

1920 年，与大姐庭芳摄于上海。

　　1921年早春，赴日本游学，学习油画，偶然发现日本漫画家竹久梦二的作品，"子恺漫画"早期作品深受其影响。十个月后回国执教。此为从日本归来时所摄。

　　我的学童时代，就是六十年前的时代。那时候，我国还没有学校，儿童上学，进的是私塾。怎么叫做私塾呢？就是一个先生在自己家里开办一个学堂，让亲戚、朋友、邻居家的小孩子来上学。有的只有七八个学生，有的十几个，至多也不过二三十个，不能再多了。因为家里屋子有限，先生只有一人。这位先生大都是想考官还没有考取的人，或者一辈子考不取的老人。那时候要做官，必须去考。小考一年一次，大考三年一次。考不取的，就在家里开私塾，教学生。学生每逢过年，送几块银洋给先生，作为学费，称为"修敬"。每逢端午、中秋，也必须送些礼物给先生，例如鱼、肉、粽子、月饼之类。私塾没有星期天，也没有暑假；只有年假，放一个多月。倘先生有事，随时可以放假。

　　私塾里不讲时间，因为那时绝大多数人家没有自鸣钟。学生早上入学，中午"放饭学"，下午再入学，傍晚"放夜学"，这些时间都没有一定，全看先生的生活情况。先生起得迟的，学生早上不妨迟到。先生有了事情，晚快就早点"放夜学"。学生早上入学，先生大都尚未起身，学生挟

---

① 本篇曾载 1962 年 9 月《儿童时代》第 17 期。

了书包走进学堂，先双手捧了书包向堂前的孔夫子牌位拜三拜，然后坐在规定的座位里。倘先生已经起来了，坐在学堂里，那么学生拜过孔夫子之后，须得再向先生拜一拜，然后归座。座位并不是课桌，就是先生家里的普通桌子，或者是自己家里搬来的桌子。座位并不排成一列，零零星星地安排，就同普通人家的房间布置一样。课堂里没有黑板，实际上也用不到黑板。因为先生教书是一个一个教的。先生叫声"张三"，张三便拿了书走到先生的书桌旁边，站着听先生教。教毕，先生再叫"李四"，李四便也拿了书走过去受教……每天每人教多少时光，教多少书，没有一定，全看先生高兴。他高兴时，多教点，不高兴时，少教点。这些先生家里大都是穷的，有的全靠学生年终送的"修敬"过日子。因此做教书先生，人们称为"坐冷板凳"，意思是说这种职业是很清苦的。因此先生家里柴米成问题的时候，先生就不高兴，教书也很懒。

还有，私塾先生大都是吸鸦片的。小朋友们，你们知道什么叫做鸦片？待我告诉你们：鸦片是一种烟，是躺在床上吸的。吸得久了，天天非吸几次不可，不吸就要打呵欠，流鼻涕，头晕眼花，同生病一样。这叫做"鸦片上瘾"。上了瘾的人很苦：又费钱，又费时间，又伤身体。那么你要问：他们为什么要吸呢？只因那时外国帝国主义欺侮我们中国人，贩进这种毒品来教大家吃，好让中国一天一天弱起来。那时中国政府怕外国人，不爱人民，就让大家去吸，便害了许多人。而读书人受害的最多。因为吸了鸦片，精神一时很好，读得进书，但不吸就读不进。因此不少读书人都上了当。

私塾没有课程表。但大都有个规定：早上"习字"，上午"背旧书"，下午"上新书"，放夜学之前"对课"。

私塾里读的书只有一种，是语文。像现在学校里的算术、图画、音乐、体操……那时一概没有。语文之外，只有两种小课，即"习字"和"对课"。而这两种小课都是和语文有关的，只算是语文中的一部分。而所谓"语文"，也并不是现在那种教科书，却是一种古代的文言文章，那书名叫做《大学》、《中庸》、《论语》、《孟子》……这种书都很难读，就是现在的青年人、壮年人，也不容易懂得，何况小朋友。但先生不管小朋友懂不懂，硬要他们读，而且必须读熟，能背。小朋友读的时候很苦，不懂得意思，照先生教的念，好比教不懂外国语的人说外国语。然而那时的小朋友苦得很，非硬记、硬读、硬背不可。因为背不出先生要用"戒尺"打手心，或者打后脑。戒尺就是一尺长的一条方木棍。

上午，先生起来了，捧了水烟管走进学堂里，学生便一齐大声念书，比小菜场里还要嘈杂。因为就要"背旧书"了，大家便临时"抱佛脚"。先生坐下来，叫声"张三"，张三就拿了书走到先生书桌面前，把书放在桌上了，背转身子，一摇一摆地背诵昨天、前天和大前天读过的书。倘背错了，或者背不下去了，先生就用戒尺在他后脑上打一下，然后把书丢在地上。这个张三只得摸摸后脑，拾了书，回到座位里去再读，明天再背。于是先生再叫"李四"……一个一个地来背旧书。背旧书时，多数人挨打，但是也有背不出而不挨打的，那是先生自己的儿子或者亲戚。背好旧书，一个上午差不多了，就放饭学，学生大家回家吃饭。

下午，先生倘是吸鸦片的，要三点多钟才进学堂来。"上新书"也是一个一个上的。上的办法：先生教你读两遍或三遍，即先生读一句，你顺一句。教过之后，要你自己当场读一遍给先生听。但那些书是很难读的，难字很多，先生完全不讲解意义，只是教你跟了他"唱"。所以唱过二三遍之后，自己不一定读得出。越是读不出，后脑上挨打越多，后脑上打得越多，越是读不出。先生书桌前的地上，眼泪是经常不干的！因此有的学生，上一天晚上请父亲或哥哥等先把明天的生书教会，免得挨打。

新书上完后，将近放学，先生把早上交来的习字簿用红笔加批，发给学生。批有两种：写得好的，圈一圈；写得不好的，直一直；写错的，打个叉。直的叫做"吃烂木头"，叉的叫做"吃洋钢叉"。有的学生，家长发给零用钱，以习字簿为标准：一圈一个铜钱，一个烂木头抵销一个铜钱，一个洋钢叉抵销两个铜钱。

发完习字簿，最后一件事是"对课"。先生昨天在你的"课簿"上写两个或三个字，你拿回家去，对他两个或三个字，第二天早上缴在先生桌上。此时先生逐一翻开来看，对得好的，圈一圈；对得不好的，他替你改一改。然后再出一个新课，让你拿回去对好了，明天来缴卷。怎么叫对课呢？譬如先生出"红花"两字，你对"绿叶"，先生出"春风"，你对"秋雨"；先生出"明月夜"，你对"艳阳天"……对课要讲词性，要讲平仄（怎么叫做词性和平仄，说来话多，我暂时不讲了）。这算是私塾里最有兴味的一课。然而对得太坏，也不免挨打手心。对过课之后，先生喊一声："去！"学生就打好书包，向孔夫子牌位拜三拜，再向先生拜一拜，一缕烟跑出学堂去了。这时候个个学生很开心，一路上手挽着手，跳跳蹦蹦，乱叫乱嚷，欢天喜地地回家去，犹如牢狱里释放的犯人一般。

今天讲得太多了。下次有机会再和小朋友谈旧话吧。

一九六二年

喂 马

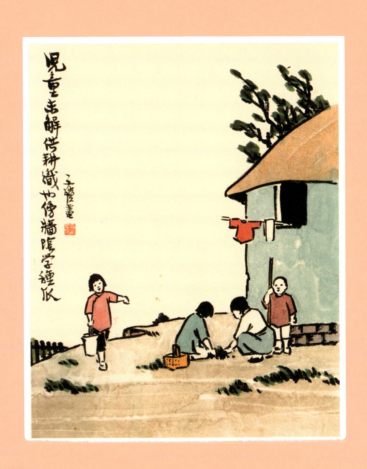

儿童未解供耕织，也傍墙阴学种瓜

1926年在立达学园教图画，左二为丰子恺。

摄于 1927 年。是年 10 月追随弘一法师皈依佛门。

学画回忆

　　假如有人探寻我儿时的事，为我作传记或讣启，可以为我说得极漂亮："七岁入塾即擅长丹青。课余常摹古人笔意，写人物花鸟之图，以为游戏。同塾年长诸生竞欲乞得其作品而珍藏之，甚至争夺殴打。师闻其事，命出画观之，不信，谓之曰：'汝真能画，立为我作至圣先师孔子像！不成，当受罚。'某从容研墨伸纸，挥毫立就，神颖晔然。师弃戒尺于地，叹曰：'吾无以教汝矣！'遂装裱其画，悬诸塾中，命诸生朝夕礼拜焉。于是亲友竞乞其画像，所作无不惟妙惟肖……"百年后的人读了这段记载，便会赞叹道："七岁就有作品，真是天才，神童！"

　　朋友来信要我写些关于儿时学画的回忆的话。我就根据上面的一段话写些吧。上面的话都是事实，不过欠详明些，宜解释之如下：

　　我七八岁时——到底是七岁或八岁，记不清楚了，但都可说，说得小了可说是照外国算法的；说得大了可说是照中国算法的——入私塾，先读《三字经》，后来又读《千家诗》。《千家诗》每页上端有一幅木板画，记得第一幅画的是一只大象和一个人，在那里耕田，后来我知道这是二十四孝中的大舜耕田图。但当时并不知道画的是什么意思，只觉得看上端的画，比读下面的"云淡风轻近午天"有趣。我家开着染坊店，我向染匠司务讨些颜料来，溶化在小盅子里，用笔蘸了为书上的单色画着色，涂一只红象，一个蓝人，一片紫地，自以为得意。但那书的纸不是道林纸，而是很薄的中国纸，颜色涂在上面的纸上，渗透了下面好几层。我的颜料笔又吸得饱，透得更深。等得着好色，翻开书来一看，下面七八页上，都有一只红象、一个蓝人和一片紫地，好像用三色版套印的。

第二天上书的时候，父亲——就是我的先生——就骂，几乎要打手心；被母亲和大姐劝住了，终于没有打。我哭了一顿，把颜料盅子藏在扶梯底下了。晚上，等到先生——就是我的父亲——上鸦片馆去了，我再向扶梯底下取出颜料盅子，叫红英——管我的女仆——到店堂里去偷几张煤头纸来，就在扶梯底下的半桌上的洋油灯底下描色彩画。画一个红人，一只蓝狗，一间紫房子……这些画的最初的鉴赏者，便是红英。后来母亲和诸姐也看到了，她们都说"好"；可是我没有给父亲看，防恐吃手心。这就叫做"七岁入塾即擅长丹青"。况且向染坊店里讨来的颜料不止丹和青呢！

后来，我在父亲晒书的时候，看到了一部人物画谱，里面花样很多，便偷偷地取出了，藏在自己的抽斗里。晚上，又偷偷地拿到扶梯底下的半桌上去给红英看。这回不想再在书上着色，却想照样描几幅看，但是一幅也描不像。亏得红英想工好，教我向习字簿上撕下一张纸来，印着描了。记得最初印着描的是人物谱上的柳柳州像。当时第一次印描没有经验，笔上墨水吸得太饱，习字簿上的纸又太薄，结果描是描成了，但原本上渗透了墨水，弄得很龌龊，曾经受大姊的责骂。这本书至今还存在，我晒旧书时候还翻出这个弄龌龊了的柳柳州像来看：穿着很长的袍子，两臂高高地向左右伸起，仰起头作大笑状。但周身都是斑斓的墨点，便是我当日印上去的。回思我当日首先就印这幅画的原因，大概是为了他高举两臂作大笑状，好像父亲打呵欠的模样，所以特别感兴味吧。后来，我的"印画"的技术渐渐进步。大约十二三岁的时候（父亲已经去世，我在另一私塾读书了），我已把这本人物谱统统印全。所用的纸是雪白的连史纸，而且所印的画都着色。着色所用的颜料仍旧是染坊里的，但不复用原色。我自己会配出各种间色来，在画上施以复杂华丽的色彩，同塾的学生看了都很欢喜，大家说"比原本上的好看得多！"而且大家问我讨画，拿去贴在灶间里，当作灶君菩萨；或者贴在床前，当作新年里买的"花纸儿"。所以说我"课余常摹古人笔意，写人物花鸟之图，以为游戏。同塾年长诸生竞欲乞得其作品而珍藏之"，也都有因，不过其事实是如此。

至于学生夺画相殴打，先生请我画至圣先师孔子像，悬诸塾中，命诸生晨夕礼拜，也都是确凿的事实，你听我说吧。那时候我们在私塾中弄画，同在现在社会里抽鸦片一样，是不敢公开的。我好像是一个土贩或私售灯吸的，同学们好像是上了瘾的鸦片鬼，大家在暗头里作勾当。先生在馆的时候，我们的画具和画都藏好，大家一摇一摆地读《幼学》书。等到下午，照例一个大块头来拖先生出去吃茶了，我们便拿出来弄画。我先一幅幅地印出来，然后一幅幅地涂颜料。同学们便像看病时向医生挂号一样，依次认定自己所欲得的画。得画的人对我有一种报酬，但不是稿费或润笔，而是种种玩意儿：金铃子一对连纸匣；挖空老菱壳一只，可以加上绳子去当作陀螺抽的；"云"字顺治铜钱一枚（有的顺治铜钱，后面有一个字，字共二十种。我们儿时听大人说，积得了一套，用绳编成宝剑形状，挂在床上，夜间一切鬼都不敢走近来。但其中，好像是"云"字，最不易得；往往为缺少此一字而编不成宝剑。故这种铜钱在当时的我们之间是一种贵重的赠品），或者铜管子（就是当时炮船上用的后膛枪子弹的壳）一个。有一次，两个同学为交换一张画，意见冲突，相打起来，被先生知道了。先生审问之下，知道相打的原因是为画；追求画的来源，知道是我所作，便厉

声喊我走过去。我料想是吃戒尺了，低着头不睬，但觉得手心里火热了。终于先生走过来了。我已吓得魂不附体；但他走到我的座位旁边，并不拉我的手，却问我"这画是不是你画的？"我回答一个"是"字，预备吃戒尺了。他把我的身体拉开，抽开我的抽斗，搜查起来。我的画谱、颜料，以及印好而未着色的画，就都被他搜出。我以为这些东西全被没收了；结果不然，他但把画

谱拿了去，坐在自己的椅子上一张一张地观赏起来。过了好一会，先生旋转头来叱一声"读！"大家朗朗地读"混沌初开，乾坤始奠……"这件案子便停顿了。我偷眼看先生，见他把画谱一张一张地翻下去，一直翻到底。放假①的时候我挟了书包走到他面前去作一个揖，他换了一种与前不同的语气对我说："这书明天给你。"

第二天早上我到塾，先生翻出画谱中的孔子像，对我说："你能照这样子画一个大的么？"我没有防到先生也会要我画起画来，有些"受宠若惊"的感觉，支吾地回答说"能"。其实我向来只是"印"，不能"放大"。这个"能"字是被先生的威严吓出来的。说出之后心头发一阵闷，好像一块大石头吞在肚里了。先生继续说："我去买张纸来，你给我放大了画一张，也要着色彩的。"我只得说"好"。同学们看见先生要我画画了，大家装出惊奇和羡慕的脸色，对着我看。我却带着一肚皮心事，直到放假。

放假时我挟了书包和先生交给我的一张纸回家，便去向大姊商量。大姊教我，用一张画方格子的纸，套在画谱的书面中间。画谱纸很薄，孔子像就有经纬格子范围着了。大姊又拿缝纫用的尺和粉线袋给我在先生交给我的大纸上弹了大方格子，然后向镜箱中取出她画眉毛用的柳条枝来，烧一烧焦，教我依方格子放大的画法。那时候我们家里还没有铅笔和三角板、米突尺，我现在回想大姊所教我的画法，其聪明实在值得佩服。我依照她的指导，竟用柳条枝把一个孔子像的底稿描成了；同画谱上的完全一样，不过大得多，同我自己的身体差不多大。我伴着了热

---

① 放假，指放学。

烈的兴味，用毛笔勾出线条；又用大盆子调了多量的颜料，着上色彩，一个鲜明华丽而伟大的孔子像就出现在纸上。店里的伙计，作坊里的司务，看见了这幅孔子像，大家说："出色！"还有几个老妈子，尤加热烈地称赞我的"聪明"，并且说："将来哥儿给我画个容像，死了挂在灵前，也沾些风光。"我在许多伙计、司务和老妈子的盛称声中，俨然成了一个小画家。但听到老妈子要托我画容像，心中却有些儿着慌。我原来只会"依样画葫芦"的。全靠那格子放大的枪花，把书上的小画改成为我的"大作"；又全靠那颜色的文饰，使书上的线描一变而为我的"丹青"。格子放大是大姊教我的，颜料是染匠司务给我的，归到我自己名下的工作，仍旧只有"依样画葫芦"。如今老妈子要我画容像，说"不会画"有伤体面；说"会画"将来如何兑现？且置之不答，先把画缴给先生去。先生看了点头。次日画就粘贴在堂名匾下的板壁上。学生们每天早上到塾，两手捧着书包向它拜一下；晚上散学，再向它拜一下。我也如此。

自从我的"大作"在塾中的堂前发表以后，同学们就给我一个绰号"画家"。每天来访先生的那个大块头看了画，点点头对先生说："可以。"这时候学校初兴，先生忽然要把我们的私塾大加改良了。他买一架风琴来，自己先练习几天，然后教我们唱"男儿第一志气高，年纪不妨小"的歌。又请一个朋友来教我们学体操。我们都很高兴。有一天，先生呼我走过去，拿出一本书和一大块黄布来，和蔼地对我说："你给我在黄布上画一条龙。"又翻开书来，继续说："照这条龙一样。"原来这是体操时用的国旗。我接受了这命令，只得又去向大姊商量；再用老法子把龙放大，然后描线，涂色。但这回的颜料不是从染坊店里拿来，是由先生买来的铅粉、牛皮胶和红、黄、蓝各种颜料。我把牛皮胶煮溶了，加入铅粉，调制各种不透明的颜料，涂到黄布上，同西洋中世纪的 fresco[①] 画法相似。龙旗画成了，就被高高地张在竹竿上，引导学生通过市镇，到野外去体操。此后我的"画家"名誉更高，而老妈子的画像也催促得更紧了。

　　我再向大姊商量。她说二姊丈会画肖像，叫我到他家去"偷关子"。我到二姊丈家，果然看见他们有种种特别的画具：玻璃九宫格、擦笔、conté[②]、米突尺、三角板。我向二姊丈请教了些画法，借了些画具，又借了一色照片来，作为练习的范本。因为那时我们家乡地方没有照相馆，我家里没有可用玻璃格子放大的四寸半身照片。回家以后，我每天一放学就埋头在擦笔照相画中。这是为了老妈子的要求而"抱佛脚"的；可是她没有照相，只有一个人。我的玻璃格子不能罩到她的脸上去，没有办法给她画像。天下事有会巧妙地解决的。大姊在我借来的一包样本中选出某老妇人的一张照片来，说："把这个人的下巴改尖些，就活像我们的老妈子了。"我依计而行，果然画了一幅八九分像的肖像画，外加在擦笔上面涂以漂亮的淡彩：粉红色的肌肉，翠蓝色的上衣，花带镶边；耳朵上外加挂上一双金黄色的珠耳环。老妈子看见珠耳环，心花盛开，即使完全不像，也说"像"了。自此以后，亲戚家死了人我就有差使——画容像。活着的亲戚也拿一张小照来叫我放大，挂在厢房里，预备将来可现成地移挂在灵前。我十七岁出外求学，年假、暑假回家时还常常接受这种义务生意。直到我

---

① 壁画。

② 即 crayon conté，木炭铅笔。

十九岁时，从先生学了木炭写生画，读了美术的论著，方才把此业抛弃。到现在，在故乡的几位老伯伯和老太太之间，我的擦笔肖像画家的名誉依旧健在；不过他们大都以为我近来"不肯"画了，不再来请教我。前年还有一位老太太把她的新死了的丈夫的四寸照片寄到我上海的寓所来，哀求地托我写照。此道我久已生疏，早已没有画具，况且又没有时间和兴味。但无法对她说明，就把照片送到照相馆里，托他们放大为二十四寸的，寄了去。后遂无问津者。

假如我早得学木炭写生画，早得受美术论著的指导，我的学画不会走这条崎岖的小径。唉，可笑的回忆，可耻的回忆，写在这里，给学画的人作借镜罢。

一九三四年二月

1934年，在故乡浙江桐乡缘缘堂。

1936 年，在杭州田家园寓所。

过年

我幼时不知道阳历，只知道阴历。到了十二月十五，过年的气氛开始浓重起来了。我们染坊店里三个染匠全是绍兴人，十二月十六要回乡。十五日，店里办一桌酒，替他们送行。这是提早办的年酒。商店旧例，年酒席上的一只全鸡，摆法大有讲究：鸡头向着谁，谁要被免职。所以上菜的时候，要特别当心。但是我家的店规模很小，一共只有六个人，这六个人极少有变动，所以这种顾虑极少。但母亲还是很小心，上菜时关照仆人，必须把鸡头对着空位。

十六日，司务们一上去①，染缸封了，不再收货，农民们此时也要过年，不再拿布出来染了。店里不需要接生意，但是要算账。整个上午，农民来店里还账，应接不暇。下午管账先生送进一包银元来，交母亲收藏。这半个月正是收获时期，一家一店许多人的生活都从这里开花。有的农民不来还账，须得下去收。所以必须另雇两个人去收账。他们早出晚归，有时拿了鸡或米回来。因为农家付不出钱，将鸡或米来作抵偿。年底往往阴雨，收账的人拖泥带水回来，非常辛苦。所以每天的夜饭必

---

① 按作者家乡一带的习惯，凡是去浙东地区，称为"上去"。

须有酒有肉。学堂早已放年假，我空闲无事，上午总在店里帮忙，写"全收"簿子①。吃过中饭，管账先生拿全收簿子去一算，把算出来的总数同现款一对，两相符合，一天的工作便算完成了。

从腊月二十起；每天吃夜饭时光，街上叫"火烛小心"。一个人蓬蓬地敲着竹筒，口中高喊："寒冬腊月！火烛小心！柴间灰堆！灶前灶后！前门闩闩！后门关关……"这声调有些凄惨。大家提高警惕。我家的贴邻是王囡囡豆腐店，豆腐店日夜烧砻糠，火烛更为可怕。然而大家都说不怕，因为明朝时光刘伯温曾在这一带地方造一条石门槛，保证这石门槛以内永无火灾。

腊月二十三晚上送灶，灶君菩萨每年上天约一星期，二十三夜上去，大年夜回来。据说菩萨是天神派下来监视人家的，每家一个。他们高踞在人家的灶台上，嗅取饭菜的香气。每逢初一、月半，必须点起香烛来拜他。二十三这一天，家家烧赤豆糯米饭，先盛一大碗供在灶君面前，然后全家来吃。吃过之后，黄昏时分，父亲穿了大礼服来灶前膜拜，跟着，我们大家跪拜。拜过之后，将灶君的神像从灶台上请下来，放进一顶灶轿里。这灶轿是白天从市场上买来的，用红绿纸张糊成，两旁贴着一副对联，上写"上天奏善事，下界保平安"。我们拿些冬青柏子，插在灶轿两旁，再拿一串纸金元宝挂在轿上，又拿一点糖饼来，粘在灶君菩萨的嘴上。这样一来，他上去见了天神粘嘴粘舌的，说话不清楚，免得把别人的恶事和盘托出。于是父亲恭恭敬敬地捧了灶轿，捧到大门外

---

① 年底收账，账收回后，记在"全收"簿子上，表示已不欠账。

去烧化。烧化时必须抢出一只纸金元宝，拿进来藏在橱里，预祝明年有真金元宝进门。送灶君上天之后，陈妈妈就烧菜给父亲下酒，说这酒菜味道一定很好，因为没有灶君先吸取其香气。父亲也笑着称赞酒菜好吃。我现在回想，他是假痴假呆，逢场作戏。因为他中了这末代举人，科举就废，不得伸展，蜗居在这穷乡僻壤的蓬门败屋中，无以自慰，惟有利用年中行事，聊资消遣，亦"四时佳兴与人同"之意耳。

二十三送灶之后，家中就忙着打年糕。这糯米年糕又大又韧，自己不会打，必须请一个男工来帮忙。这男工大都是陆阿二，又名五阿二。因为他姓陆，而他的父亲行五。两枕"当家年糕"约有三尺长；此外许多较小的年糕，有二尺长的，有一尺长的；还有红糖年糕，白糖年糕。此外是元宝、百合、橘子等等小摆设，这些都是由母亲和姐姐们去做，我也洗了手去帮忙，但是总做不好，结果是自己吃了。

姐姐们又做许多小年糕，形状仿照大年糕，预备二十七夜过年时拜小年菩萨用的。

二十七夜过年，是个盛典。白天忙着烧祭品——猪头、全鸡、大鱼、大肉，都是装大盘子的。吃过夜饭之后，把两张八仙桌接起来，上面供设"六神牌"，前面围着大红桌围，摆着巨大的铝制的香炉蜡台。桌上供着许多祭品，两旁围着年糕。我们这厅屋是三家公用的，我家居中，右边是五叔家，左边是嘉林哥家，三家同时祭起年菩萨来，屋子里灯火辉煌，香烟缭绕，气象好不繁华！三家比较起来，我家的供桌最为体面。何况我们还有小年菩萨，即在大桌旁边设两张茶几，也是接长的，也供一位小菩萨像，用小香炉蜡台，设小盘祭品，竟像是小人国里的过年。

记得那时我所欣赏的，是"六神牌"和祭品盘上的红纸盖。这六神牌画得非常精美，一共六版，每版上画好几个菩萨，佛、观音、玉皇大帝、孔子、文昌帝君、魁星……都包括在内。平时折好了供在堂前，不许打开来看，这时候才展览了。祭品盘上的红纸盖都是我的姑母剪的，"福禄寿喜""一品当朝""连升三级"等字，都剪出来，巧妙地嵌在里头。我那时只有七八岁，就喜爱这些东西，这说明我与美术有缘。

绝大多数人家二十七夜过年，所以这晚上商店都开门，直到后半夜送神后才关门。我们约伴出门散步，买花炮。花炮种类繁多，我们所买的，不是两响头的炮仗和噼噼啪啪的鞭炮，而是雪炮、流星、金转银盘、水老鼠、万花筒等好看的花炮。其中，万花筒最好看，然而价贵不易多得。买回去在天井里放，大可增加过年的喜气。我把一串鞭炮拆散，一个一个地放，点着了火，立刻拿一个罐头瓶来罩住，"咚"的一声，连罐头瓶也跳起来。我起初不敢拿在手里放，后来经乐生哥哥教导，竟敢拿在手里放了。两指轻轻捏住鞭炮的末端，一点上火，立刻把头旋向后面。渐渐老练了，即行若无事。

正在放花炮的时候，隔壁谭三姑娘送万花筒来了。这谭三姑娘的丈夫谭福山，是开炮仗店的。

年年过年，总是特制了万花筒来分送邻居，以供新年添兴之用。此时谭三姑娘打扮得花枝招展，声音好比莺啼燕语。厅堂里的空气忽然波动起来。如果真有年菩萨在尚飨，此时恐怕都"停杯投箸不能食"了。

夜半时分，父亲在旁边的半桌上饮酒，我们陪着他吃饭。直到后半夜，方才送神。我带着欢乐的疲倦躺到床上，钻进被窝里，朦胧之中听见远近各处炮仗之声不绝，想见这时候石门湾的天空中，定有无数年菩萨吃足了酒肉，腾云驾雾归天去了。

"廿七廿八活急杀，廿九三十勿来拉①。初一初二扮赌客，你没铜钱我有拉②。"这是石门湾形容某些债户的歌。年中拖欠的债年底要来讨，所以到了廿七、廿八，便活急杀，到了廿九、三十，有的人逃往别处去避债，故曰勿来拉。但是有些人有钱不肯还债，要留着新年里自用。一到元旦，照例不准讨债，他便好公然地扮赌客，而且慷慨得很了。我家没有这种情形，但是也总有人来借掇，也很受累。况且家事也忙得很，要掸灰尘，要祭祖宗。要送年礼。倘是月小，更加忙迫了。

年底这一天，是准备通夜不眠的，店里早已经摆出风灯，插上岁烛。吃年夜饭的时候，把所有的碗筷都拿出来，预祝来年人丁兴旺。吃饭碗数，不可成单，必须成双。如果吃三碗，必须再盛一次，哪怕盛一点点也好，总之要凑成双数。吃饭时母亲分送压岁钱，用红纸包好，我全部用以买花炮。吃过年夜饭，还有一出滑稽戏呢。这叫做"毛糙纸揩窝"。

---

① 方言，意即不在这儿，不在家。
② 方言，意即我这儿有。

"窟"就是屁股。一个人拿一张糙纸，把另一个人的嘴揩一揩。意思是说：你这嘴巴是屁股，你过去一年中所说的不祥的话，例如"要死"之类的，都等于放屁。但是人都不愿意被揩，尽量逃避。然而揩的人很调皮，出其不意，突如其来。哪怕你是极小心的人，也总会被揩。有时其人出前门去了，大家就不提防他。岂知道他绕了个圈子，悄悄地从后门进来，终于被揩去了。此时笑声、喊声使过年的欢乐气氛更加浓重了。

于是陈妈妈烧起火来放"泼留"。把糯米谷放进热镬子里，一只手用铲刀搅拌，一只手用箬帽遮盖。那些糯谷受到热度，爆裂开来，若非用箬帽遮盖，势必纷纷落地，所以必须遮盖。放好之后，拿出来堆在桌子上，叫大家拣泼留。"泼留"两字应该怎样写，我实在想不出，这里不过照声音记录罢了，拣泼留，就是把砻糠拣出来，剩下纯粹的泼留，新年里客人来拜年，请他吃糖汤，放些泼留。我们小孩也参加拣泼留，但是一面拣，一面吃。一粒糯米放成蚕豆来大，像朵梅花，又香又热，滋味实在好极了。

黄昏，渐渐有人提了灯笼来收账了。我们就忙着"吃串"。听来好像是"吃菜"，其实是把每一百铜钱的串头绳解下来，取出其中三四文。甚至七八文，只剩九十六七，或甚至九十二三文，当作一百文去还账。吃下来的"串"，归我们姐弟作零用。我们用这些钱还账，但我们收来的账，也是吃过串的钱。店员经验丰富，一看就知道这是"九五串"，那是"九二串"的，你以伪来，我以伪去，大家不计较了。这里还得表明：那时没有钞票，只有银洋、铜板和铜钱。银洋一元等于三百个铜板，一个铜板等于十个铜钱，我那时母亲给我的零用钱，是每天一个铜板，即十文铜钱。我用五文买一包花生，两文买两块油沸豆腐干，还有三文随意花用。

街上提着灯笼讨债的，络绎不绝，直到天色将晓，还有人提着灯笼急急忙忙地跑来跑去。灯笼是千万少不得的。提灯笼，表示还是大年夜，可以讨债；如果不提灯笼，那就是新年，欠债的可以打你几记耳光，要你保他三年顺境，因为大年初一讨债是禁忌的。但是这时候我家早已结账，关店，正在点起香烛接灶君菩萨。此时通行吃接灶圆子，管账先生一面吃圆子，一面向我母亲报告账务。说到盈余，笑容满面。他告别回去，我们也收拾，睡觉。但是睡不到两个钟头，又得起来，拜年的乡下客人已经来了。

年初一上午忙着招待拜年的客人。街上挤满了穿新衣服的农民，男女老幼，熙熙攘攘，吃烧卖，上酒馆，买花纸（即年画），看戏法，到处拥挤。

而最热闹的是赌摊。原来从初一到初四，这四天是不禁赌的。掷骰子、推牌九，还有打宝，一堆一堆的人，个个兴致勃勃，连警察也参加在内。下午，农民大都进去了，街上较清，但赌摊还是闹热，有的通夜不收。

初二开始，镇上的亲友来往拜年。我父亲戴着红缨帽子，穿着外套，带着跟班出门。同时也有穿礼服的到我家拜年。如果不遇，就留下一张红片子。父亲死后，母亲叫我也穿着礼服去拜年。我实在很不高兴。因为一个十二岁的孩子穿礼服上街，大家注目，有讥笑的，也有叹羡的，叫我非常难受。现在回想，母亲也是一片苦心。她不管科举已废，还希望我将来也中个举人，重振家业，所以把我如此打扮，聊以慰情。

正月初四，晚上接财神。别的事情排场大小不定，独有接财神，家家郑重其事，而且越是贫寒之家，排场越是体面。大概他们想：敬神可以邀得神的恩宠，今后让他们发财。

接财神的形式，大致和过年相似，两张桌子接长来，供设六神牌，外加财神像，点起大红烛。但不先行礼，先由父亲穿了大礼服，拿了一股香，到下西弄的财神堂前行礼，三跪九叩，然后拿了香回来，插在香炉中，算是接得财神回来了。于是大家行礼。这晚上金吾放夜，市中各店通夜开门，大家接财神。所以要买东西，那怕后半夜，也可以买得。父亲这晚上兴致特别好，饮酒过半，叫把谭三姑娘送的大万花筒放起来。这万花筒果然很大，每个共有三套。一枝火树银花低了，就有另一枝继续升起来，凡三次。谭福山做得真巧。这谭福山平日住宿在炮仗店里，店在接待寺的戏台底下。他终年穿一身破衣裳，自炊自食，谭三姑娘不许他回家。但在接财神那天，谭三姑娘特许他回家，而且叫他穿了新衣裳拜财神菩萨。大约谭三姑娘想，如果只有她一人，财神菩萨不肯照顾；要有一对夫妻，菩萨这才照顾。我们放大万花筒时，为要尽量增大它的利用率，邀请所有的邻居都出来看。作者谭福山也被邀在内。大家闻得这大万花筒是他做的，都向他看。

初五以后，过年的事基本结束，但是拜年，吃年酒，酬谢往还，也很热闹。厨房里年菜很多，客人来，搬出就是。但是到了正月半，也就差不多吃完了。所以有一句话："拜年拜到正月半，烂溏鸡屎炒青菜。"我的父亲不爱吃肉，喜欢吃素。所以我们家里，大年夜就烧好一大缸萝卜丝油豆腐，油很重，滋味很好。每餐盛出一碗来，放在锅子里一热，便是最好的饭菜。我至今还忘不了那种好滋味。但是让家里人烧起来，总不及童年时的好吃，怪哉！

正月十五，在古代是一个元宵佳节，然而赛灯之事，久已废止，只有市上卖些兔子灯、蝴蝶灯等，聊以应名而已。二十日，各店照常开门做生意，学堂也开学，过年也就结束。

1947年，丰子恺在上海夏声戏剧学校参观上课。

在上海夏声戏剧学校演讲

梦　痕[①]

　　我的左额上有一条同眉毛一般长短的疤。这是我儿时游戏中在门槛上跌破了头颅而结成的。相面先生说这是破相，这是缺陷。但我自己美其名曰"梦痕"。因为这是我的梦一般的儿童时代所遗留下来的唯一的痕迹。由这痕迹可以探寻我的儿童时代的美丽的梦。

　　我四五岁时，有一天，我家为了"打送"（吾乡风俗，亲戚家的孩子第一次上门来作客，辞去时，主人家必做几盘包子送他，名曰"打送"）某家的小客人，母亲、姑母、婶母和诸姊们都在做米粉包子。厅屋的中间放一只大匾，匾的中央放一只大盘，盘内盛着一大堆粘土一般的米粉，和一大碗做馅用的甜甜的豆沙。母亲们大家围坐在大匾的四周。各人卷起衣袖，向盘内摘取一块米粉来，捏做一只碗的形状；夹取一筷豆沙来藏在这碗内；然后把碗口收拢来，做成一个圆子。

　　再用手法把圆子捏成三角形，扭出三条绞丝花纹的脊梁来；最后在脊梁凑合的中心点上打一个红色的"寿"字印子，包子便做成。一圈一圈地陈列在大匾内，样子很是好看。大家一边做，一边兴高采烈地说笑。

---

① 原载《人世间》1934 年 7 月 20 日第 8 期，原名《疤》。

有时说谁的做得太小，谁的做得太大；有时盛称姑母的做得太玲珑，有时笑指母亲的做得像个锅饼。笑语之声，充满一堂。这是年中难得的全家欢笑的日子。而在我，做孩子们的，在这种日子更有无上的欢乐。在准备做包子时，我得先吃一碗甜甜的豆沙。做的时候，我只要吵闹一下子，母亲们会另做一只小包子来给我当场就吃。

新鲜的米粉和新鲜的豆沙，热热地做出来就吃，味道是再好不过的。我往往吃一只不够，再吵闹一下子就得吃第二只。倘然吃第二只还不够，我可嚷着要替她们打寿字印子。这印子是不容易打的：蘸的水太多了，打出来一塌糊涂，看不出寿字；蘸的水太少了，打出来又不清楚；况且位置要摆得正，歪了就难看；打坏了又不能揩抹涂改。所以我嚷着要打印子，是母亲们所最怕的事。她们便会和我商量，把做圆子收口时摘下来的一小粒米粉给我，叫我"自己做来自己吃"。这正是我所盼望的主目的！开了这个例之后，各人做圆子收口时摘下来的米粉，就都得照例归我所有。再不够时还得要求向大盘中扭一把米粉来，自由捏造各种粘土手工：捏一个人，团拢了，改捏一个狗；再团拢了，再改捏一只水烟管……捏到手上的醴齪都混入其中，而雪白的米粉变成了灰色的时候，我再向她们要一朵豆沙来，裹成各种三不像的东西，吃下肚子里去。这一天因为我吵得特别厉害些，姑母做了两只小巧玲珑的包子给我吃，母亲又外加摘一团米粉给我玩。为求自由，我不在那场上吃弄，拿了到店堂里，和五哥哥一同玩弄。五哥哥者，后来我知道是我们店里的学徒，但在当时我只知道他是我儿时的最亲爱的伴侣。他的年纪比我长，智力比我高，胆量比我大，他常做出种种我所意想不到的玩意儿来，使得我惊奇。这一天我把包子和米粉拿出去同他共玩，他就寻出几个印泥菩萨的小形的红泥印子来，教我印米粉菩萨。

后来我们争执起来，他拿了他的米粉菩萨逃，我就拿了我的米粉菩萨追。追到排门旁边，我跌了一跤，额骨磕在排门槛上，磕了眼睛大小的一个洞，便晕迷不省。等到知觉的时候，我已被抱在母亲手里，外科郎中蔡德本先生，正在用布条向我的头上重重叠叠地包裹。

自从我跌伤以后，五哥哥每天乘店里空闲的时候到楼上来省问我。来时必然偷偷地从衣袖里摸出些我所爱玩的东西来——例如关在自来火匣子里的几只叩头虫，洋皮纸人头，老菱壳做成的小脚，顺治铜钿磨成的小刀等——送给我玩，直到我额上结成这个疤。

讲起我额上的疤的来由，我的回想中印象最清楚的人物，莫如五哥哥。而五哥哥的种种可惊可喜的行状，与我的儿童时代的欢乐，也便跟了这回想而历历地浮出到眼前来。

他的行为的顽皮，我现在想起了还觉吃惊。但这种行为对于当时的我，有莫大的吸引力，使我时时刻刻追随他，自愿地做他的从者。他用手捉住一条大蜈蚣，摘去了它的有毒的钩爪，而藏在衣袖里，走到各处，随时拿出来吓人。我跟了他走，欣赏他的把戏。他有时偷偷地把这条蜈蚣放在别人的瓜皮帽子上，让它沿着那人的额骨爬下去，吓得那人直跳起来。有时怀着这条蜈蚣去登坑，等候邻席的登坑者正在拉粪的时候，把蜈蚣丢在他的裤子上，使得那人扭着裤子乱跳，累了满身的粪。又有时当众人面前他偷把这条蜈蚣放在自己的额上，假装被咬的样子而号啕大哭起来，使得满座的人惊惶失措，七手八脚地为他营救。正在危急存亡的时候，他伸起手来收拾了这条蜈蚣，忽然破涕为笑，一缕烟逃走了。后来这套戏法渐渐做穿，有的人警告他说，若是再拿出蜈蚣来，要打头颈拳了。于是他换出别种花头来：他躲在门口，等候警告打头颈拳的人将走出门，突然大叫一声，倒身在门槛边的地上，乱滚乱撞，哭着嚷着，说是践踏了一条臂膀粗的大蛇，但蛇是已经攒进榻底下去了。走出门来的人被他这一吓，实在魂飞魄散；但见他的受难比他更深，也无可奈何他，只怪自己的运气不好。他看见一群人蹲在岸边钓鱼，便参加进去，和蹲着的人闲谈。同时偷偷地把其中相接近的两人的辫子梢头结住了，自己就走开，躲到远处去作壁上观。被结住的两人中若有一人起身欲去，滑稽剧就演出来给他看了。诸如此类的恶戏，不胜枚举。

现在回想他这种玩耍，实在近于为虐的戏谑。但当时他热心地创作，而热心地欣赏的孩子，也不止我一个。世间的严正的教育者，请稍稍原谅他的顽皮！我们的儿时，在私塾里偷偷地玩了一个折纸手工，是要遭先生用铜笔套管在额骨上猛钉几下，外加在至圣先师孔子之神位面前跪一支香的！

况且我们的五哥哥也曾用他的智力和技术来发明种种富有趣

味的玩意，我现在想起了还可以神往。暮春的时候，他领我到田野去偷新蚕豆。把嫩的生吃了，而用老的来做"蚕豆水龙"。其做法，用煤头纸火把老蚕豆荚熏得半熟，剪去其下端，用手一捏，荚里的两粒豆就从下端滑出，再将荚的顶端稍稍剪去一点，使成一个小孔。然后把豆荚放在水里，待它装满了水，以一手的指捏住其下端而取出来，再以另一手的指用力压榨豆荚，一条细长的水带便从豆荚的顶端的小孔内射出。制法精巧的，射水可达一二丈之远。他又教我"豆梗笛"的做法：摘取豌豆的嫩梗长约寸许，以一端塞入口中轻轻咬嚼，吹时便发嗜嗜之音。再摘取蚕豆梗的下段，长约四五寸，用指爪在梗上均匀地开几个洞，做成豆的样子。然后把豌豆梗插入这笛的一端，用两手的指随意启闭各洞而吹奏起来，其音宛如无腔之短笛。他又教我用洋蜡烛的油作种种的浇造和塑造。用芋艿或番薯镂刻种种的印版，大类现今的木版画……诸如此类的玩意，亦复不胜枚举。

现在我对这些儿时的乐事久已缘远了。但在说起我额上的疤的来由时，还能热烈地回忆神情活跃的五哥哥和这种兴致蓬勃的玩意儿。谁言我左额上的疤痕是缺陷？这是我的儿时欢乐的佐证，我的黄金时代的遗迹。过去的事，一切都同梦幻一般地消灭，没有痕迹留存了。只有这个疤，好像是"脊杖二十，刺配军州"时打在脸上的金印，永久地明显地记录着过去的事实，一说起就可使我历历地回忆前尘。仿佛我是在儿童世界的本贯地方犯了罪，被刺配到这成人社会的"远恶军州"来的。这无期的流刑虽然使我永无还乡之望，但凭这脸上的金印，还可回溯往昔，追寻故乡的美丽的梦啊！

我姓丰。丰这个姓，据我们所晓得，少得很。在我故乡的石门湾里，也"只此一家"，跑到外边来，更少听见有姓丰的人。所以人家问了我尊姓之后，总说"难得，难得！"

因这原故，我小时候受了这姓的暗示，大有自命不凡的心理。然而并非单为姓丰难得，又因为在石门湾里，姓丰的只有我们一家，而中举人的也只有我父亲一人。在石门湾里，大家似乎以为姓丰必是举人，而举人必是姓丰的。记得我幼时，父亲的佣人褚老五抱我去看戏回来，途中对我说："石门湾里没有第二个老爷，只有丰家里是老爷，你大起来也做老爷，丰老爷！"

科举废了，父亲死了。我十岁的时候，做短工的黄半仙有一天晚上对我的大姐说："新桥头米店里有一个丰官，不晓得是什么地方人。"大姐同母亲都很奇怪，命黄半仙当夜去打听，是否的确姓丰？哪里人？意思似乎说，姓丰会有第二家的？不要是冒牌？

黄半仙回来，说："的确姓丰，'养鞠须丰'的'丰'，说是斜桥人。"大姐

---

① 本篇原载《小说月报》1927 年 7 月 10 日第 18 卷第 7 号。

含着长烟管说："难道真的？不要是'酆鲍史唐''酆'吧？"但也不再追究。

后来我游杭州，上海，东京，朋友中也没有同姓者。姓丰的果然只有我一人。然而不拘我一向何等自命不凡地做人，总做不出一点姓丰的特色来，到现在还是与非姓丰的一样混日子，举人也尽管不中，倒反而为了这姓的怪僻，屡屡找麻烦：人家问起"尊姓？"我说"敝姓丰"，人家总要讨添，或者误听为"冯"。旅馆里，城门口查夜的警察，甚至疑我假造，说："没有这姓！"

最近在宁绍轮船里，一个钱庄商人教了我一个很简明的说法：我上轮船，钻进房舱里，先有这个肥胖的钱庄商人在内。他照例问我："尊姓？"我说："丰，咸丰皇帝的丰。"大概时代相隔太远，一时教他想不起咸丰皇帝，他茫然不懂。我用指在掌中空划，又说："五谷丰登的丰。"大概"五谷丰登"一句成语，钱庄上用不到，他也一向不曾听见过。他又茫然不懂，于是我摸出铅笔来，在香烟簏上写了一个"丰"字给他看，他恍然大悟似的说："啊！不错不错，汇丰银行的丰！"

啊，不错不错！汇丰银行的确比咸丰皇帝时髦，比五谷丰登通用！以后别人问我的时候我就这样回答了。

一九二七年

我的母亲[①]

中国文化馆要我写一篇《我的母亲》，并寄我母亲的照片一张。照片我有一张四寸的肖像，一向挂在我的书桌的对面。已有放大的挂在堂上，这一张小的不妨送人。但是《我的母亲》一文从何处说起呢？看看母亲的肖像，想起了母亲的坐姿。母亲生前没有摄取坐像的照片，但这姿态清楚地摄入在我脑海中的底片上，不过没有晒出。现在就用笔墨代替显影液和定影液，把我母亲的坐像晒出来吧。

我的母亲坐在我家老屋的西北角[②]里的八仙椅子上，眼睛里发出严肃的光辉，口角上表出慈爱的笑容。

老屋的西北角里的八仙椅子，是母亲的老位子。从我小时候直到她逝世前数月，母亲空下来总是坐在这把椅子上，这是很不舒服的一个座位：我家的老屋是一所三开间的楼厅，右边是我的堂兄家，左边一间是我的堂叔家，中央一间是我家。但是没有板壁隔开，只拿在左右的两排八仙椅子当作三份人家的界限。所以母亲坐的椅子，背后凌空。若是沙

---

① 本篇曾收入 1948 年 9 月 1 日中国文化馆香港分馆出版的《我的母亲》一书中。
② 老屋不是朝南而是朝东的，所以西北角应作西南角。

发椅子，三面有柔软的厚壁，凌空原无妨碍。但我家的八仙椅子是木造的，坐板和靠背成九十度角，靠背只是疏疏的几根木条，其高只及人的肩膀。母亲坐着没处搁头，很不安稳。母亲又防椅子的脚摆在泥土上要霉烂，用二三寸高的木座子衬在椅子脚下，因此这只八仙椅子特别高，母亲坐上去两脚须得挂空，很不便利。所谓西北角，就是左边最里面的一只椅子。这椅子的里面就是通过退堂的门。退堂里就是灶间。母亲坐在椅子上向里面顾，可以看见灶头。风从里面吹出的时候，烟灰和油气都吹在母亲身上，很不卫生。堂前隔着三四尺阔的一条天井便是墙门。墙外面便是我们的染坊店。母亲坐在椅子里向外面望，可以看见杂沓往来的顾客，听到沸翻盈天的市井声，很不清静。但我的母亲一向坐在我

家老屋西北角里的这样不安稳，不便利，不卫生，不清静的一只八仙椅子上，眼睛发出严肃的光辉，口角上表出慈爱的笑容。母亲为什么老是坐在这样不舒服的椅子里呢？因为这位子在我家中最为冲要。母亲坐在这位子里可以顾到灶上，又可以顾到店里。母亲为要兼顾内外，便顾不到座位的安稳不安稳，便利不便利，卫生不卫生，和清静不清静了。

我四岁时，父亲中了举人[1]，同年祖母逝，父亲丁艰在家，郁郁不乐，以诗酒自娱，不管家事，丁艰终而科举废，父亲就从此隐遁。这期间家事店事，内外都归母亲一人兼理。我从书堂出来，照例走向坐在西北角里的椅子上的母亲的身边，向她讨点东西吃吃。母亲口角上表出亲爱的笑容，伸手除下挂在椅子头顶的"饿杀猫篮"[2]，拿起饼饵给我吃；同时眼睛里发出严肃的光辉，给我几句勉励。

　　我九岁的时候，父亲遗下了母亲和我们姐弟六人，薄田数亩和染坊店一间而逝世[3]。我家内外一切责任全部归母亲负担。此后她坐在那椅子上的时间愈加多了。工人们常来坐在里面的凳子上，同母亲谈家事；店伙们常来坐在外面的椅子上，同母亲谈店事；父亲的朋友和亲戚邻人常来坐在对面的椅子上，同母亲交涉或应酬。我从学堂里放假回家，又照例走向西北角里的椅子边，同母亲讨个铜板。有时这四班人同时来到，使得母亲招架不住，于是她用了眼睛的严肃的光辉来命令，警戒，或交涉；同时又用了口角上的慈爱的笑容来劝勉，抚爱，或应酬。当时的我看惯了这种光景，以为母亲是天生成坐在这只椅子上的，而且天生成有四班人向她缠绕不清的。

　　我十七岁离开母亲，到远方求学。临行的时候，母亲眼睛里发出严

---

① 丰鐄于 1902 年中举，1906 年病逝。如按虚岁，作者在 1902 年应为五岁。后面的九岁也是虚岁。

② "饿杀猫篮"，一种用细篾制成的、四周有孔的、通风的有盖竹篮，菜碗放此篮中，猫吃不到，故名。

③ 见本页注①。

肃的光辉，诚告我待人接物求学立身的大道；口角上表出慈爱的笑容，关照我起居饮食一切的细事。她给我准备学费，她给我置备行李，她给我制一罐猪油炒米粉，放在我的网篮里；她给我做一个小线板，上面插两只引线放在我的箱子里，然后送我出门。放假归来的时候，我一进店门，就望见母亲坐在西北角里的八仙椅子上。她欢迎我归家，口角上表出慈爱的笑容，她探问我的学业，眼睛里发出严肃的光辉。晚上她亲自上灶，烧些我所爱吃的菜蔬给我吃，灯下她详询我的学校生活，加以勉励，教训，或责备。

我廿二岁毕业后，赴远方服务，不克依居母亲膝下，唯假期归省。每次归家，依然看见母亲坐在西北角里的椅子上，眼睛里发出严肃的光辉，口角上表现出慈爱的笑容。她像贤主一般招待我，又像良师一般教训我。

我三十岁时，弃职归家，读书著述奉母。母亲还是每天坐在西北角里的八仙椅子上，眼睛里发出严肃的光辉，口角上表出慈爱的笑容。只是她的头发已由灰白渐渐转成银白了。

我三十三岁时，母亲逝世。我家老屋西北角里的八仙椅子上，从此不再有我母亲坐着了。

然而我每逢看见这只椅子的时候，脑际一定浮出母亲的坐像——眼睛里发出严肃的光辉，口角上表出慈爱的笑容。她是我的母亲，同时又是我的父亲。她以一身任严父兼慈母之职而训诲我抚养我，我从呱呱坠地的时候直到三十三岁，不，直到现在。陶渊明诗云："昔闻长者言，掩耳每不喜。"我也犯这个毛病；我曾经全部接受了母亲的慈爱，但不会全部接受她的训诲。所以现在我每次在想象中瞻望母亲的坐像，对于她口角上的慈爱的笑容觉得十分感谢，对于她眼睛里的严肃的光辉，觉得十分恐惧。这光辉每次给我以深刻的警惕和有力的勉励。

一九三七年二月廿八日

约 1937 年初，在石门丰同裕染坊门前。

1938 年 5 月，丰子恺在汉口。

忆 弟[①]

　　突然外面走进一个人来，立停在我面前咫尺之地，向我深深地作揖。我连忙拔出口中的卷烟而答礼，烟灰正擦在他的手背上，卷烟熄灭了，连我也觉得颇有些烫痛。

　　等他仰起头来，我看见一个衰老憔悴的面孔，下面穿一身褴褛的衣裤，伛偻地站着。我的回想在脑中曲曲折折地转了好几个弯，才寻出这人的来历。起先认识他是太，后来记得他姓朱，我便说道：

　　"啊！你是朱家大伯！长久不见了。近来……"

　　他不等我说完就装出笑脸接上去说：

　　"少爷，长久不见了，我现在住在土地庵里，全靠化点香钱过活。少爷现在上海发财了？几位官官[②]了？真是前世修的好福气！"

　　我没有逐一答复他在不在上海，发不发财，和生了几个儿子，只是唯唯否否。他也不要求一一答复，接连地说过便坐下在旁边的凳子上。

　　我摸出烟包，抽出一支烟来请他吸，同时忙碌地回想过去。

---

① 本篇曾载 1922 年 8 月《文学》杂志第 1 卷第 2 号。
② 官官，作者家乡一带对小主人的称呼。

二十余年前，我十三四岁的时候，和满姐、慧弟[1]跟着母亲住在染坊店里面的老屋里。同住的是我们的族叔一家。这位朱家大伯便是叔母的娘家的亲戚而寄居在叔母家的。他年纪与叔母仿佛。也许比叔母小，但叔母叫他"外公"，叔母的儿子叫他"外公太太"[2]。论理我们也该叫他"外公太太"；但我们不论。一则因为他不是叔母的嫡亲外公，听说是她娘家同村人的外公；且这叔母也不是我们的嫡亲叔母，而是远房的。我们倘对他攀亲，正如我乡俗语所说："攀了三日三夜，光绪皇帝是我表兄"了。二则因为他虽然识字，但是挑水果担的，而且年纪并不大，叫他"太太"有些可笑。所以我们都跟染坊店里的人叫他朱家大伯。而在背后谈他的笑话时，简称他为"太"。这是尊称的反用法。

太的笑话很多，发见他的笑话的是慧弟。理解而赏识这些笑话的只有我和满姐。譬如吃夜饭的时候，慧忽然用饭碗接住了他的尖而长的下巴，独自吃吃地笑个不住。我们便知道他是想起了今天所发见的太的笑话了，就用"太今天怎么样？"一句话来催他讲。他笑完了便讲。

"太今天躺在店里的榻上看《康熙字典》。竺官[3]坐在他旁边，也拿起一册来翻。翻了好久，把书一掷叫道：'竺字在哪里？你这部字典翻不出的！'太一面看字典，一面随口回答：'蛮好翻的！'竺官另取一册来翻了好久，又把书一掷叫道：'翻不出的！你这部字典很难翻！'他又随口回

---

① 满姐，即作者的三姐丰满（梦忍）。慧弟，即作者的大弟丰浚（慧珠）。

② 外公太太，石门湾方言，称曾祖为太。

③ 竺官，系店里的伙计。

答'蛮好翻的！再要好翻没有了！'"

讲到这里，我们三人都笑不可仰了。母亲催我们吃饭。我们吃了几口饭又笑了起来。母亲说出两句陈语来："食不言，寝不语。你们父亲前头……"但下文大都被我们的笑声淹没了。从此以后，我们要说事体的容易做，便套用太的语法，说"再要好做没有了"。后来更进一步。便说"同太的字典一样"了。现在慧弟的墓木早已拱了，我同满姐二人有时也还在谈话中应用这句古话以取笑乐——虽然我们的笑声枯燥冷淡，远不及二十余年前夜饭桌上的热烈了。

有时他用手按住了嘴巴从店里笑进来，又是发见了太的笑话了。"太今天怎么样？"一问，他便又讲出一个来。

"竺官问太香瓜几钱一个，太说三钱一个，竺官说：'一钱三个？'太说：'勿要假来假去！'竺官向他担子里捧了三个香瓜就走，一面说着：'一个铜元欠一欠，大年夜里有月亮，还你。'太追上去夺回香瓜。一个一个地还到担子里去，口里唱一般地说：'别的事情可假来假去，做生意勿可假来假去！'"

讲到"别的事情都可假来假去"一句，我们又都笑不可仰了。

慧弟所发见的趣话，大都是这一类的。现在回想起来，他真是一个很别致的人。他能在寻常的谈话中随处发见笑的资料。例如嫌冷的人叫一声"天为什么这样冷！"装穷的人说了一声"我哪里有钱！"表明不赌的人说了一声"我几时弄牌！"又如怪人多事的人说了一句"谁要你讨好！"虽然他明知道这是借疑问词来加强语气的，并不真个要求对手的解答，但他故意捉住了话中的"为什么"，"哪里"，"几时"，"谁"等疑问词而作可笑的解答。倘有人说"我马上去"，他便捉住他问"你的马在哪里？"倘有人说"轮船马上开"，他就笑得满座皆笑了。母亲常说他"吃了笑药"，但我们这孤儿寡妇的家庭幸有这吃笑药的人，天天不缺乏和乐而温暖的空气。我和满姐虽然不能自动发见笑的资料，但颇能欣赏他的发见，尤其是关于太的笑话，在我们脑中留下不朽的印象。所以我和他虽已阔别二十余年，今天一见立刻认识，而且立刻想起他那部"再要好翻没有了"的字典。

但他今天不讲字典，只说要买一只氅缸，向我化一点钱。他说："我今年七十五岁了，近来一年不如一年。今年三月里在桑树根上绊一绊跌了一交，险险乎病死。靠菩萨，还能走出来。但是还有几时活在世上呢？庵里毫无出息。化化香钱呢，大字号店家也只给一两个小钱，初一月半两次，每次最多得到三角钱，连一口白饭也吃不饱。店里先生还嫌我来得太勤。饿死了也干净，只怕这几根骨头没有人收拾，所以想买一只缸。缸价要七八块钱，汪恒泰里已答应我出两块钱，请少爷也做个好事。钱呢，买好了缸来领。"

我和满姐立刻答应他每人出一块钱。又请他喝一杯茶，留他再坐。我们想从他那里找寻自己童年的心情，但终于找不出，即使找出了也笑不出。因为主要的赏识者已不在人世，而被赏识的人已在预备买缸收拾自己的骨头，残生的我们也没有心思再作这种闲情的游戏了。我默默地吸卷烟，直到他的辞去。

一九三三年六月廿四日在石门湾

约 1947 年在杭州

日月楼中日月长

1937年春在缘缘堂

两个"?"

　　我从幼小时候就隐约地看见两个"?"。但我到了三十岁上方才明确地看见它们。现在我把看见的情况写些出来。

　　第一个"?"叫做"空间"。我孩提时跟着我的父母住在故乡石门湾的一间老屋里，以为老屋是一个独立的天地，老屋的壁的外面是什么东西，我全不想起。有一天，邻家的孩子从壁缝间塞进一根鸡毛来，我吓了一跳，同时，悟到了屋的构造，知道屋的外面还有屋，空间的观念渐渐明白了。我稍长，店里的伙计抱了我步行到离家二十里的石门城①里的姑母家去，我在路上看见屋宇毗连，想象这些屋与屋之间都有壁，壁间都可塞过鸡毛。经过了很长的桑地和田野之后，进城来又是毗连的屋宇，地方似乎是没有穷尽的。从前我把老屋的壁当作天地的尽头，现在知道不然。我指着城外问大人们："再过去还有地方吗？"大人们回答我说："有嘉兴、苏州、上海；有高山，有大海，还有外国。你大起来都可去玩。"一个粗大的"?"隐约地出现在我的眼前。回家以后，早晨醒来，躺在床上驰想：床的里面是帐，除去了帐是壁，除去了壁是邻家的屋，除去了

———————————

① 石门城，原名崇德县，一度改为石门县。1958年并入桐乡县，改名崇福镇。

邻家的屋又是屋，除完了屋是空地，空地完了又是城市的屋，或者是山是海，除去了山，渡过了海，一定还有地方……空间到什么地方为止呢？我把这疑问质问大姐。大姐回答我说："到天边上为止。"她说天像一只极大的碗覆在地面上。天边上是地的尽头，这话我当时还听得懂；但天边的外面又是什么地方呢？大姐说："不可知了。"很大的"？"又出现在我的眼前，但须臾就隐去。我且吃我的糖果，玩我的游戏吧。

我进了小学校，先生教给我地球的知识。从前的疑问到这时候豁地解决了。原来地是一个球。那么，我躺在床上一直向里床方面驰想过去，结果是绕了地球一匝而仍旧回到我的床前。这是何等新奇而痛快的解决！我回家来欣然地把这新闻告诉大姐。大姐说："球的外面是什么呢？"我说是空。"空到什么地方为止呢？"我茫然了。我再到学校去问先生，先生说："不可知了。"很大的"？"又出现在我的眼前，但也不久就隐去。我且读我的英文，做我的算术吧。

我进师范学校，先生教我天文。我怀着热烈的兴味而听讲，希望对于小学时代的疑问，再得一个新奇而痛快的解决。但终于失望。先生说："天文书上所说的只是人力所能发见的星球。"

又说："宇宙是无穷大的。"无穷大的状态，我不能想象。我仍是常常驰想，这回我不再躲在床上向横方驰想，而是仰首向天上驰想；向这苍苍者中一直上去，有没有止境？有的么，其处的状态如何？没有的么，使我不能想象。我眼前的"？"比前愈加粗大，愈加迫近，夜深人静的时候，我屡屡为了它而失眠。我心中愤慨地想：我身所处的空间的状态都不明白，我不能安心做人！世人对于这个切身而重大的问题，为什么都不说起？以后我遇见人，就向他们提出这疑问。他们或者说不可知，或一笑置之，而谈别的世事了。我愤慨地反抗："朋友，这个问题比你所谈的世事重大得多，切身得多！你为什么不理？"听到这话的人都笑了。他们的笑声中似乎在说："你有神经病了。"我不好再问，只得让那粗大的"？"照旧挂在我的眼前。

第二个"？"叫做"时间"。我孩提时关于时间只有昼夜的观念。月、季、年、世等观念是没有的。我只知道天一明一暗，人一起一睡，叫做一天。我的生活全部沉浸在"时间"的急流中，跟了它流下去，没有抬起头来望望这急流的前后的光景的能力。有一次新年里，大人们问我几岁，我说六岁。母亲教我："你还说六岁？今年你是七岁了，已经过了年了。"我记得这样的事以前似曾有过一次。母亲教我说六岁时也是这样教的。但相隔久远，记忆模糊不清了。我方才知道加一岁。那时我在父亲的私塾里读完《千字文》，有一晚，我到我们的染坊店里去玩，看见账点桌上放着一册账簿，簿面上写着"菜字元集"这四个字。我问管账先生，这是什么意思？他回答我说："这是用你所读的《千字文》上的字来记年代的。这店是你们祖父手里开张的。开张的那一年所用的第一册账簿，叫做'天字元集'，第二年的叫做'地字元集'，天地玄黄，宇宙洪荒……每年用一个字。用到今年正是'菜重芥姜'的'菜'字。"因为这事与我所读的书有关连，我听了很有兴味。他笑着摸摸他的白胡须，继续说道："明年'重'字，后来'芥'字，我们一直开下去，开到'焉哉乎也'的'也'字，大家发财！"我口快地接着说："那时你已经死了！我也死了！"他用手掩住我的口道："话勿得！话勿得！大家长生不老！大家发财！"我被他弄得莫名其妙，不敢再说下去了。但从这时候起，我不复全身沉浸在"时间"的急流中跟它漂流。我开始在这急流中抬起头来，回顾后面，眺望前面，想看看"时间"这东西的状态。我想，我们这店即使依照《千字文》开了一千年，但"天"字以前和"也"字以后，一定还有年代。那么，时间从何时开始，何时了结呢？又是一个粗大的"？"隐约地出现在我的眼前。我问父亲："祖父的父亲是谁？"父亲道："曾祖。""曾祖的父亲是谁？""高祖。""高祖的父亲是谁？"父亲看见我有些像孟尝君，笑着抚我的头，说："你要知道他做什么？人都有父亲，不过年代太远的祖宗，我们不能一一知道他的人了。"

我不敢再问，但在心中思维"人都有父亲"这句话，觉得与空间的"无穷大"同样不可想象。很大的"？"又出现在我的眼前。

我入小学校，历史先生教我盘古氏开天辟地的事。我心中想：天地没

/ 63 /

有开辟的时候状态如何？盘古氏的父亲是谁？他的父亲的父亲的父亲……又是谁？同学中没有一个提出这样的疑问，我不敢质问先生。我入师范学校，才知道盘古氏开天辟地是一种靠不住的神话。又知道西洋有达尔文的"进化论"，人类的远祖就是做戏法的人所畜的猴子。而且猴子还有它的远祖。从我们向过去逐步追溯上去，可一直追溯到生物的起源，地球的诞生，太阳的诞生，宇宙的诞生。再从我们向未来推想下去，可一直推想到人类的末日，生物的绝种，地球的毁坏，太阳的冷却，宇宙的寂灭。但宇宙诞生以前，和寂灭以后，"时间"这东西难道没有了吗？"没有时间"的状态，比"无穷大"的状态愈加使我不能想象。而时间的性状实比空间的性状愈加难于认识。我在自己的呼吸中窥探时间的流动痕迹，一个个的呼吸鱼贯地翻进"过去"的深渊中，无论如何不可挽留。我害怕起来，屏住了呼吸，但自鸣钟仍在"的格，的格"地告诉我时间的经过。一个个的"的格"鱼贯地翻进过去的深渊中，仍是无论如何不可挽留的。时间究竟怎样开始？将怎样告终？我眼前的"？"比前愈加粗大，愈加迫近了。夜深人静的时候，我屡屡为它失眠。我心中愤慨地想：我的生命是跟了时间走的。"时间"的状态都不明白，我不能安心做人！世人对于这个切身而重大的问题，为什么都不说起？以后我遇见人，就向他们提出这个问题。他们或者说不可知，或者一笑置之，而谈别的世事了。我愤慨地反抗："朋友！我这个问题比你所谈的世事重大得多，切身得多！你为什么不理？"听到这话的人都笑了。他们的笑声中似乎在说："你有神经病了！"我不再问，只能让那粗大的"？"照旧挂在我的眼前，直到它引导我入佛教的时候。

一九三三年二月廿四日

妹妹新娘子，弟弟新官人，姐姐做媒人。

小松植平原，他日自参天。

西风梨枣山园，儿童偷把长杆。
莫遣旁人惊去，老夫静处闲看。

星期六之夜

新阿大，旧阿二，破阿三，补阿四。

种瓜得瓜

给我的孩子们

近来我的心为四事所占据了：天上的神明与星辰，人间的艺术与儿童。这小燕子似的一群儿女，是在人世间与我因缘最深的儿童，他们在我心中占有与神明、星辰、艺术同等的地位。

1922 年秋，丰子恺在浙江上虞白马湖畔的
春晖中学任教时的居所"小杨柳屋"。

爱子之心[1]

　　吾乡风俗，给孩子取名常用"丫头"，"小狗"，"和尚"等。倘到村庄上去调查起来，可见每个村庄上名叫丫头的一定不止一个，有大丫头，小丫头等；名叫和尚的也一定不止一个，有三和尚，四和尚等。不但村庄上如此，镇上，城里，也有着不少的丫头，小狗，和和尚。名叫丫头的有时是一个老头子，名叫小狗的有时是一条大汉，名叫和尚的有时是一个富商。我在闻名见面时，往往忍不住要笑出来。

　　这种名字当然不是本人自己要取的，原是由乳名沿用而来的，但他们的父母为什么给他们取这种乳名呢？窥察他们的用意，大概出于爱子之心。这种人的孩子时代大概是宠儿或独子。父母深恐他们不长养，因而给他们取这种名字。

　　为什么给孩子取名丫头，小狗，或和尚，孩子便会长养呢？窥察他们的理论是这样：世间可贵的东西往往容易丧失，而贱的东西偏生容易长养，故要宠儿或独子长养，只要在名义上把他们假装为贱的，死神便受他们的欺骗，不会来光顾了。故普通给孩子取名，大都取个福生，寿

---

① 本篇曾载 1933 年 8 月 16 日《东方杂志》第 30 卷第 16 号，收入本书时有较大的改动。

九十九度的父爱

生，富生，或贵生，但给宠儿或独子取名，这等好字眼都用不着。并非不要他有福，有寿，大富，大贵，只因宠儿或独子，本身已经太贵而有容易丧失的危险。欲杜死神的觊觎而防危险，正宜取最贱的称呼。他们以为世间贱的东西，是女人，畜生，和和尚。故宠儿或独子的名字取了"丫头"，"小狗"，或"和尚"，死神听见了便以为他真是丫头，真是和尚，或者真是一只小狗，就放他壮健地活在世上了。

"丫头"这称呼，在吾乡有两种用法：镇上人称使女为丫头，乡下人称女儿为丫头。无论为使女或女儿，总之，丫头就是女孩子。女人是贱的，女孩子是女人中之小者，故丫头犹言"小贱人"。以此称呼宠儿或独子给死神听，最为稳当。故一村之中，名叫丫头的一定不止一个。

畜生的贱，不言可知，但其中最贱的是狗，因为它是吃屎的。故宠儿独子只要实际不吃屎，不妨取名小狗。

至于和尚，在吾乡也是贱的东西。把儿子卖给寺里作小和尚，丰年也只卖三块钱一岁，荒年白送也没有人要。这样看来，小和尚比猪羊等畜生更贱。故名叫和尚的孩子尤多。但又有人说，这名字除此以外还有一种法力：和尚是修行的，修行是积福积寿的。取名为和尚，可免修行之苦，而得福寿之利，也是一种不劳而获的方法。

一九三三年六月廿九日

取 名[1]

孩子们的名字，叫惯了似乎是各人出世时就写好在额骨上的，其实都是他们的外公所取定。且据我回想，外公的取名都有深长的用心。想起之后不免记录一些。

阿大是半夜里出世的，很肥胖，哭声甚大，但是女。她的外婆和娘舅都预先来我家等他出世，虽然只等着一个外甥女，但头生，不论男女总是大家欢喜的。次日娘舅回城，我就托他代请外公给阿大取一个名字。过几天收到外公的回信，信内附一张红纸，红纸上面横写着"长命富贵"四个小字，下面直写着"丰陈宝"三个大字。信内说，知道她是夜里出世的，哭声甚大，故引用古典，给她取名"陈宝"。

我不知道古典，检查《辞源》，果然找到了"陈宝"一项，下面写着："神名，秦文公获若石于陈仓北阪城。祠之。其神来。常于夜……其声殷殷。以一牢祠之名曰陈宝。见《史记》。"

我一向不懂取名的方法，《康熙字典》里有数万个字，无头无脑，教从何处取起？我叹佩外公的博闻，这真可谓巧立名目。可惜我们的陈宝

---

[1] 本篇曾载 1933 年 8 月 16 日《东方杂志》第 30 卷第 16 号。

现在虽已十四岁而在小学毕业了，但只是一个寻常的少女，并不像神，将来不致变为神女。这也可谓名不副实了。

阿二出世时我在东京，没有看她堕地。家人写信告诉我说，这回又是女，她的祖母和外婆略微有些失望。外公已给她取名叫做"麟先"。这回不必翻《辞源》，我也知道外公的用心了："麟之趾，振振公子"，麟是男儿，先是先行，麟先就是男儿的先行。外公的意思，这女儿是将来的男儿的先锋。换言之，我们的阿二非为自己做人而投生，只是为男的阿三报信而来的。总言之，将来的阿三定要他是男。

但麟先也是名不副实的，她不能尽先锋之职，终于引出了一个女的阿三来。这会失望的不但祖母和外婆，外公一定更甚。但祖母用心尤深：阿三临盆的一天，她袋里预先藏着一只洋钉和两粒黄豆。听见阿三的呱呱声之后，没有稳婆的"恭喜"声，便把洋钉和两粒黄豆投在胞瓶里，这叫做"演样"。这样一来，将来的阿四身上一定带了一只洋钉和两粒黄豆的东西而出世。故失望之余，大家还是放心。不过对于这滥竽的阿三大家很冷淡，没有人提出给她取名字的话。外公也不寄红纸来。起初大家叫她"小毛头"或阿三，后来乳母在眠歌里偶然唱了一声"三宝宝"，从此大家就自然地叫她三宝。三是她的排行，宝是女孩子的通称（嘉兴人称女儿为宝宝），这名字确是很自然的。但没有外公写在红纸上，终非名正言顺。这无名的三宝终在四岁上辞职而去。不称职的麟先似乎怕被革职，她入学之后自己把名字改写为"林仙"了。

阿四出世在我所旅食的他乡，祖母投在胞瓶里的一只洋钉和两粒黄豆，果然移在他身上了。祖母在故乡得信后，连忙做寿桃分送诸亲百眷。

/ 71 /

外公信里附一张红纸来，红纸上头横写着"长命富贵"，下面直写着"丰华赡"。并在信里说："赡是丰足的意思。"外公的深长用心真使我感动。那时我从东京回来，负了一身债，家累又日重一日，生活窘迫得很。故外公的意思，明白地说，是"有了儿子以后，还要有钱"。我家虽然此后增出了一个乳母的开销，但有儿子名"赡"，似乎也就胆大了。

阿五又是男，块头大得很，外公给他取名奇伟。但他负了这大名，到五岁上就死去。阿六又是男的，外公给他取名元草。这里的用意我可不知，也没有问外公。将来我到地下，倘遇见我的岳父一定要补问。生到阿六，我家子女稍稍嫌多了，但钱却还是不多。这恐怕是阿四的"赡"

字常常被人误写为"瞻"字的缘故。不然，阿四也是名不副实的。

最后的阿七在肚里的时候就被惹厌，问起的人都说"又要生了？"生的时候也没有人盼望他是男，她就做了女。外公给她取名一宁。又在信上告诉我们说，一宁是"得一以宁"之意。明白地说，就是"生了这一个不可再生，免得烦恼"。一宁总算听外公的话的，今年五岁了，没有弟妹。

一九三三年六月二十五日于石门湾

1919 年，丰子恺夫妇新婚时于上海。

1951 年与妻在上海外滩公园

与妻在北京长陵楠木殿

一九五七年
農曆肖甘日
攝于上海．
時年六十．
子愷

1957 年六十大寿时与妻摄于上海

丰子恺亲自为妻子和儿女拍的合照

1934 年为岳母做寿，全家合影。

1935 年摄于乌镇
后排左起：丰宛音、徐力民、丰子恺、丰陈宝
前排左起：丰一吟、丰华瞻、丰元草

长女丰陈宝（阿宝，1920—2010）
上海译文出版社编审

三女丰宁馨（软软，1922—2010）
浙江大学教授

幼女丰一吟（1929—　　）
上海社会科学院文学研究所

次女丰宛音（林先，1921—2007）
上海复兴中学语文教师

幼子丰新枚（1938—2005）
香港永新专利公司高级经理

次子丰元草（1927—2011）
人民音乐出版社编辑

长子丰华瞻（瞻瞻，1924—2005）
复旦大学英语教授

1944年，丰子恺的七个子女摄于重庆。
前左起：丰新枚、丰元草、丰华瞻；
后左起：丰宁馨、丰一吟、丰陈宝、丰宛音。

1948 年初，刚迁入杭州寓所。

儿 女[①]

回想四个月以前，我犹似押送囚犯，突然地把小燕子似的一群儿女从上海的租寓中拖出，载上火车，送回乡间，关进低小的平屋中。自己仍回到上海的租界中，独居了四个月。这举动究竟出于什么旨意，本于什么计划，现在回想起来，连自己也不相信。其实旨意与计划，都是虚空的，自骗自扰的，实际于人生有什么利益呢？只赢得世故尘劳，作弄几番欢愁的感情，增加心头的创痕罢了！

当时我独自回到上海，走进空寂的租寓，心中不绝地浮起这两句《楞严》经文："十方虚空在汝心中，犹如白云点太清里，况诸世界在虚空耶！"

晚上整理房室，把剩在灶间里的篮钵、器皿、余薪、余米，以及其他三年来寓居中所用的家常零星物件，尽行送给来帮我做短工的、邻近的小店里的儿子。只有四双破旧的小孩子的鞋子（不知为什么缘故），我不送掉，拿来整齐地摆在自己的床下，而且后来看到的时候常常感到一种无名的愉快。直到好几天之后，邻居的友人过来闲谈，说起这床下的

---

① 本篇曾载 1928 年 10 月 10 日《小说月报》第 19 卷第 10 号。

车即是船，船即是车。（左）

马儿打嚏了！马儿咳嗽了！马儿骂我们了！（右）

小鞋子阴气迫人，我方始悟到自己的痴态，就把它们拿掉了。

朋友们说我关心儿女。我对于儿女的确关心，在独居中更常有悬念的时候。但我自以为这关心与悬念中，除了本能以外，似乎尚含有一种更强的加味。所以我往往不顾自己的画技与文笔的拙陋，动辄描摹。因为我的儿女都是孩子们，最年长的不过九岁，所以我对于儿女的关心与悬念中，有一部分是对于孩子们——普天下的孩子们——的关心与悬念。他们成人以后我对他们怎么样？现在自己也不能晓得，但可推知其一定与现在不同，因为不复含有那种加味了。

回想过去四个月的悠闲宁静的独居生活，在我也颇觉得可恋，又可感谢。然而一旦回到故乡的平屋里，被围在一群儿女的中间的时候，我又不禁自伤了。因为我那种生活，或枯坐、默想，或钻研、搜求，或敷衍、应酬，比较起他们的天真、健全、活跃的生活来，明明是变态的，病的，残废的。

有一个炎夏的下午，我回到家中了。第二天的傍晚，我领了四个孩子——九岁的阿宝、七岁的软软、五岁的瞻瞻、三岁的阿韦——到小院中的槐荫下，坐在地上吃西瓜。夕暮的紫色中，炎阳的红味渐渐消减，凉夜的青味渐渐加浓起来。微风吹动孩子们的细丝一般的头发，身体上汗气已经全消，百感畅快的时候，孩子们似乎已经充溢着生的欢喜，非发泄不可了。最初是三岁的孩子的音乐的表现，他满足之余，笑嘻嘻摇摆着身子。口中一面嚼西瓜，一面发出一种像花猫偷食时候的"ngam ngam"的声音来。这音乐的表现立刻唤起五岁的瞻瞻的共鸣，他接着发表他的诗："瞻瞻吃西瓜，宝姐姐吃西瓜，软软吃西瓜，阿韦吃西瓜。"这诗的表现又立刻引起了七岁与九岁的孩子的散文的、数学的兴味：他们立刻把瞻瞻的诗句的意义归纳起来，报告其结果："四个人吃四块西瓜。"

于是我就做了评判者，在自己心中批判他们的作品。我觉得三岁的阿韦的音乐的表现最为深刻而完全，最能全般表出他的欢喜的感情。五岁的瞻瞻把这欢喜的感情翻译为（他的）诗，已打了一个折扣；然尚带着节奏与旋律的分子，犹有活跃的生命流露着。至于软软与阿宝的散文的、数学的、概念的表现，比较起来更肤浅一层。然而看他们的态度全部精神没入在吃西瓜的一事中，其明慧的心眼，比大人们所见的完全得多。天地间最健全的心眼，只是孩子们的所有物，世间事物的真相，只有孩子们能最明确、最完全地见到。我比起他们来，真的心眼已经被世智尘劳所蒙蔽，所斫丧，是一个可怜的残废者了。我实在不敢受他们"父亲"的称呼，倘然"父亲"是尊崇的。

我在平屋的南窗下暂设一张小桌子，上面按照一定的秩序而布置着稿纸、信笺、笔砚、墨水瓶、浆糊瓶、时表和茶盘等，不喜欢别人来任意移动，这是我独居时的惯癖。我——我们大人——平常的举止，总是谨慎，细心，端详，斯文。例如磨墨，放笔，倒茶等，都

小心从事，故桌上的布置每日依然，不致破坏或扰乱。因为我的手足的筋觉已经由于屡受物理的教训而深深地养成一种谨惕的惯性了。然而孩子们一爬到我的案上，就捣乱我的秩序，破坏我的桌上的构图，毁损我的器物。他们拿起自来水笔来一挥，洒了一桌子又一衣襟的墨水点；又把笔尖蘸在浆糊瓶里。他们用劲拔开毛笔的铜笔套，手背撞翻茶壶，壶盖打碎在地板上……这在当时实在使我不耐烦，我不免哼喝他们，夺脱他们手里的东西，甚至批他们的小颊。然而我立刻后悔：哼喝之后立刻继之以笑，夺了之后立刻加倍奉还，批颊的手在中途软却，终于变批为抚。因为我立刻自悟其非：我要求孩子们的举止同我自己一样，何其乖谬！我——我们大人——的举止谨惕，是为了身体手足的筋觉已经受了种种现实的压迫而痉挛了的缘故。孩子们尚保有天赋的健全的身手与真朴活跃的元气，岂像我们的穷屈？揖让、进退、规行、矩步等大人们的礼貌，犹如刑具，都是戕贼这天赋的健全的身手的。于是活跃的人逐渐变成了手足麻痹、半身不遂的残废者。残废者要求健全者的举止同他自己一样，何其乖谬！

儿女对我的关系如何？我不曾预备到这世间来做父亲，故心中常是疑惑不明，又觉得非常奇怪。我与他们（现在）完全是异世界的人，他们比我聪明、健全得多；然而他们又是我所生的儿女。这是何等奇妙的关系！世人以膝下有儿女为幸福，希望以儿女永续其自我，我实在不解他们的心理。我以为世间人与人的关系，最自然最合理的莫如朋友。君臣、父子、昆弟、夫妇之情，在十分自然合理的时候都不外乎是一种广义的友谊。所以朋友之情，实在是一切人情的基础。"朋，同类也。"并育于大地上的人，都是同类的朋友，共为大自然的儿女。世间的人，忘却了他们的大父母，而只知有小父母，以为父母能生儿女，儿女为父母所生，故儿女可以永续父母的自我，而使之永存。于是无子者叹天道之无知，子不肖者自伤其天命，而狂进杯中之物，其实天道有何厚薄于其齐生并育的儿女！我真不解他们的心理。

近来我的心为四事所占据了：天上的神明与星辰，人间的艺术与儿童。这小燕子似的一群儿女，是在人世间与我因缘最深的儿童，他们在我心中占有与神明、星辰、艺术同等的地位。

一九二八年韦驮圣诞作于石湾^①

---

① 本文篇末原未署日期。这里所署的日期是发表在《小说月报》时篇末所署。

作父亲[①]

楼窗下的弄里远地传来一片声音："咿哟，咿哟……"渐近渐响起来。

一个孩子从算草簿中抬起头来，张大眼睛倾听一会，"小鸡！小鸡！"叫了起来。四个孩子同时放弃手中的笔，飞奔下楼，好像路上的一群麻雀听见了行人的脚步声而飞去一般。

我刚才扶起他们所带倒的凳子，拾起桌子上滚下去的铅笔，听见大门口一片呐喊："买小鸡！买小鸡！"其中又混着哭声。连忙下楼一看，原来元草因为落伍而狂奔，在庭中跌了一跤，跌痛了膝盖骨不能再跑，恐怕小鸡被哥哥、姐姐们买完了轮不着他，所以激烈地哭着。我扶了他走出大门口，看见一群孩子正向一个挑着一担"咿哟，咿哟"的人招呼，欢迎他走近来。元草立刻离开我，上前去加入团体，且跳且喊："买小鸡！买小鸡！"泪珠跟了他的一跳一跳而从脸上滴到地上。

孩子们见我出来，大家回转身来包围了我。"买小鸡！买小鸡！"的喊声由命令的语气变成了请愿的语气，喊得比前更响了。他们仿佛想把这些音蓄入我的身体中，希望它们由我的口上开出来。独有元草直接拉住

---

① 本篇曾载 1933 年 7 月 1 日《文学》杂志第 1 卷第 1 号。

了担子的绳而狂喊。

　　我全无养小鸡的兴趣，而且想起了以后的种种麻烦，觉得可怕。但乡居寂寥，绝对屏除外来的诱惑而强迫一群孩子在看惯的几间屋子里隐居这一个星期日，似也有些残忍。且让这个"咿哟、咿哟"来打破门庭的岑寂，当作长闲的春昼的一种点缀吧。我就招呼挑担的，叫他把小鸡给我们看看。

　　他停下担子，揭开前面的一笼。"咿哟，咿哟"的声音忽然放大。但见一个细网的下面，蠕动着无数可爱的小鸡，好像许多活的雪球。五六个孩子蹲集在笼子的四周，一齐倾情地叫着"好来！好来！"一瞬间我的心也屏绝了思虑而没入在这些小动物的姿态的美中，体会了孩子们对小鸡的热爱的心情。许多小手伸入笼中，竞指一只纯白的小鸡，有的几乎要隔网捉住它。挑担的忙把盖子无情地冒上，许多"咿哟，咿哟"的雪球

和一群"好来，好来"的孩子就变成了咫尺天涯。孩子们怅望笼子的盖，依附在我的身边，有的伸手摸我的袋。我就向挑担的人说话：

　　"小鸡卖几钱一只？"

　　"一块洋钱四只。"

　　"这样小的，要卖二角半钱一只？可以便宜些否？"

　　"便宜勿得，二角半钱最少了。"

　　他说过，挑起担子就走。大

的孩子脉脉含情地目送他，小的孩子拉住了我的衣襟而连叫"要买！要买！"挑担的越走得快，他们喊得越响。我摇手止住孩子们的喊声，再向挑担的问：

"一角半钱一只卖不卖？给你六角钱买四只吧！"

"没有还价！"

他并不停步，但略微旋转头来说了这一句话，就赶紧向前面跑。"伊哟，咿哟"的声音渐渐地远起来了。

元草的喊声就变成哭声。大的孩子锁着眉头不绝地探望挑担者的背影，又注视我的脸色。我用手掩住了元草的口，再向挑担人远远地招呼：

"二角大洋一只，卖了吧！"

"没有还价！"

他说过便昂然地向前进行，悠长地叫出一声"卖——小——鸡——"其背影便在弄口的转角上消失了。我这里只留着一个嚎啕大哭的孩子。

对门的大嫂子曾经从矮门上探头出来看过小鸡，这时候就拿着针线走出来，倚在门上，笑着劝慰哭的孩子，她说：

"不要哭！等一会儿还有担子挑来，我来叫你呢！"她又笑着向我说：

"这个卖小鸡的想做好生意。他看见小孩子哭着要买，越是不肯让价了。昨天坍墙圈里买的一角洋钱一只，比刚才的还大一半呢！"

我同她略谈了几句，硬拉了哭着的孩子回进门来。别的孩子也懒洋洋地跟了进来。我原想为长闲的春昼找些点缀而走出门口来的，不料讨个没趣，扶了一个哭着的孩子而回进来。庭中柳树正在骀荡的春光中摇曳柔条，堂前的燕子正在安稳的新巢上低徊软语。我们这个刁巧的挑担者和痛哭的孩子，在这一片和平美丽的春景中很不调和啊！

关上大门，我一面为元草揩拭眼泪，一面对孩子们说：

"你们大家说'好来，好来'，'要买，要买'，那人就不肯让价了！"

小的孩子听不懂我的话，继续抽噎着；大的孩子听了我的话若有所思。我继续抚慰他们：

"我们等一会再来买吧，隔壁大妈会喊我们的。但你们下次……"

我不说下去了。因为下面的话是"看见好的嘴上不可说好，想要的嘴上不可说要"。倘再进一步，就变成"看见好的嘴上应该说不好，想要的嘴上应该说不要"了。在这一片天真烂漫光明正大的春景中，向哪里容藏这样教导孩子的一个父亲呢？

一九三三年五月二十日

1936年，与长子华瞻、长女陈宝。

丰子恺亲自为孩子们拍的照片，丰陈宝、丰宁馨与丰新枚。

与长子华瞻在上海中山公园

瞻瞻的黄色車

阿寶
兩隻脚
櫈子四
隻脚

阿寶一九二六年
十月和青寫
時阿寶七歲

穿了爸爸
的衣服

阿宝与瞻瞻

1936年，与次女丰宛音在杭州。

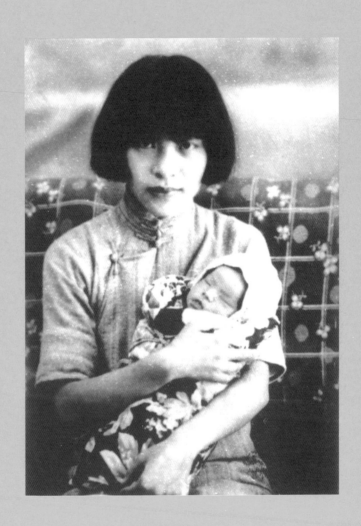

1938 年在桂林两江，三女宁馨抱幼子新枚。

与次子元草在上海中山公园

姉妹（左）　新刊（右）

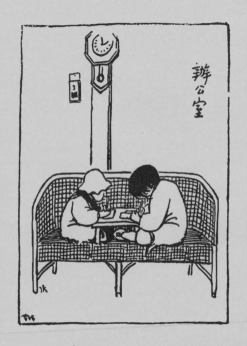

办公室

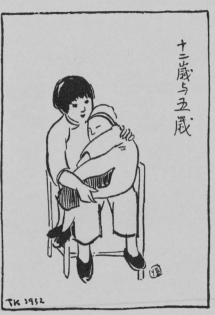

十二岁与五岁

办公室（左）　十二岁与五岁（右）

儿　戏[①]

楼下忽然起了一片孩子们暴动的声音。他们的娘高声喊着："两只雄鸡又在斗了，爸爸快来劝解！"我不及放下手中的报纸，连忙跑下楼来。

原来是两个男孩在打架：六岁的元草要夺九岁的华瞻的木片头，华瞻不给，元草哭着用手打他的胸；华瞻也哭着，双手擎起木片头，用脚踢元草的腿。

我放下报纸，把身体插入两孩子的中间，用两臂分别抱住了两孩子，对他们说："不许打！为的啥事体？大家讲！"元草竭力想摆脱我的臂而向对方进攻，一面带哭带嚷地说道："他不肯给我木片头！他不肯给我木片头！"似乎这就是他打人的正当的理由。华瞻究竟比他大了三岁，最初静伏在我的臂弯里，表示不抵抗而听我调解，后来吃着口声辩："这些木片头原是我的！他要夺，我不给，他就打我！"元草用哭声接着说："他踢我！"华瞻改用直接交涉，对着他说："你先打！"在旁作壁上观的宝姐姐发表意见："轻记还重记，先打呃道理！"背后另一人又发表一种舆论："君子开口，小人动手！"我未及下评判，元草已猛力退出我的手臂，突

---

① 本篇曾载 1933 年 3 月 27 日《申报》。

然向对方袭击。他们的娘看我排解无效，赶过来将元草擒去，抱在怀里，用甘言骗住他。我也把华瞻抱在怀里，用话抚慰他。两孩子分别占据了两亲的怀里，暴动方始告终。这时候"五香……豆腐干"的叫声在后门外亲切地响着，把脸上挂着眼泪的两孩子一齐从我们的怀里叫了出去。我拿了报纸重回楼上去的时候，已听到他们复交后的笑谈声了。

　　但我到了楼上，并不继续看报。因为我看刚才的事件，觉得比看报上的国际纷争直截明了得多。我想：世间人与人的对待，小的是个人对个人，大的是团体对团体。个人对待中最小的是小孩对小孩，团体对待中最大的是国家对国家。在文明的世间，除了最小的和最大的两极端而外，人对人的交涉，总是用口的说话来讲理，而不用身体的武力来相打的。例如要掠夺，也必用巧妙的手段；要侵占，也必立巧妙的名义：所谓"攻击"也只是辩论，所谓"打倒"也只是叫喊。故人对人虽怀怨害之心，相见还是点头握手，敷衍应酬。虽然也有用武力的人，但"君子开口，小人动手"，开化的世间是不通行用武力的。其中唯有最小的和最大的两极端不然：小孩对小孩的交涉，可以不讲理，而通行用武力来相打；国家对国家的交涉，也可以不讲理，而通行用武力来战争。战争就是大规模的相打。可知凡物相反对的两极端相通似，或相等。国际的事如儿戏，或等于儿戏。

一九三二年①

---

① 本文篇末原未署日期。这里所署的日期是建国后作者自编的《缘缘堂随笔》(人民文学出版社1957年11月初版)中篇末所署。但在编者保存的《随笔二十篇》一书中，此文的末尾作者自己用毛笔填上的写作时间为廿二(1933)年。

从孩子得到的启示[①]

一

晚上喝了三杯老酒，不想看书，也不想睡觉，捉一个四岁的孩子华瞻来骑在膝上，同他寻开心。我随口问：

"你最喜欢什么事？"

他仰起头一想，率然地回答：

"逃难。"我倒有点奇怪："逃难"两字的意义，在他不会懂得，为什么偏偏选择它？倘然懂得，更不应该喜欢了。我就设法探问他：

"你晓得逃难就是什么？"

"就是爸爸、妈妈、宝姐姐、软软……娘姨，大家坐汽车，去看大轮船。"

啊！原来他的"逃难"的观念是这样的！他所见的"逃难"，是"逃难"的这一面！这真是最可喜欢的事！

一个月以前，上海还属孙传芳的时代，国民革命军将到上海的消息日紧一日，素不看报的我，这时候也定一份《时事新报》，每天早晨看一遍。有一天，我正在看昨天的旧报，等候今天的新报的时候，忽然上海

———————————————

① 本篇曾载 1927 年 7 月 10 日《小说月报》第 18 卷第 9 号。

方面枪炮声起了，大家惊惶失色，立刻约了邻人，扶老携幼地逃到附近的妇孺救济会里去躲避。其实倘然此地果真进了战线，或到了败兵，妇孺救济会也是不能救济的。不过当时张皇失措，有人提议这办法，大家就假定它为安全地带，逃了进去。那里面地方很大，有花园、假山、小川、亭台，曲栏、长廊、花树、白鸽，孩子们一进去，登临盘桓，快乐得如入新天地了。忽然兵车在墙外轰过，上海方面的机关枪声、炮声，愈响愈近，又愈密了。大家坐定之后，听听，想想，方才觉到这里也不是安全地带，当初不过是自骗罢了。有决断的人先出来雇汽车逃往租界。每走出一批人，留在里面的人增一次恐慌。我们结合邻人来商议，也决定出来雇汽车，逃到杨树浦的沪江大学。于是立刻把小孩子们从假山中、栏杆内捉出来，装进汽车里，飞奔杨树浦了。

所以决定逃到沪江大学者，因为一则有邻人与该校熟识，二则该校是外国人办的学校，较为安全可靠。枪炮声渐远渐弱，到听不见了的时候，我们的汽车已到沪江大学。他们安排一个房间给我们住，又为我们代办膳食。傍晚，我坐在校旁的黄浦江边的青草堤上，怅望云水遥忆故居的时候，许多小孩子采花、卧草，争看无数的帆船、轮船的驶行，又是快乐得如入新天地了。

次日，我同一邻人步行到故居来探听情形的时候，青天白日的旗子已经招展在晨风中，人人面有喜色，似乎从此可庆承平了。我们就雇汽车去迎回避难的眷属，重开我们的窗户，恢复我们的生活。从此"逃难"两字就变成家人的谈话的资料。

这是"逃难"。这是多么惊慌、紧张而忧患的一种经历！然而人物一无损丧，只是一次虚惊，过后回想，这日好似全家的人突发地出门游览两天。我想假如我是预言者，晓得这是虚惊，我在逃难的时候将何等有趣！素来难得全家出游的机会，素来少有坐汽车游览、参观的机会。那一天不论时，不论钱，浪漫地、豪爽地、痛快地举行这游历，实在是人生难得的快事！只有小孩子真果感得这快味！他们逃难回来以后，常常拿香烟簏子来叠作栏杆、小桥、汽车、轮船、帆船，常常问我关于轮船、帆船的事，墙壁上及门上又常常有有色粉笔画的轮船、帆船、亭子、石桥的壁画出现。可见这"逃难"，在他们脑中有难忘的欢乐的印象。所以今晚无端地问华瞻最喜欢什么事，他立刻选定这"逃难"。原来他所见的，是"逃难"的这一面。

不止这一端：我们所打算、计较、争夺的洋钱，在他们看来个个是白银的浮雕的胸章，仆仆奔走的行人，血汗涔涔的劳动者，在他们看来个个是无目的地在游戏，在演剧，一切建设，一切现象，在他们看来都是大自然的点缀，装饰。

唉！我今晚受了这孩子的启示了：他能撤去世间事物的因果关系的网，看见事物的本身的真相。他是创造者，能赋给生命于一切的事物。他们是"艺术"的国土的主人。唉，我要从他学习！

二[①]

两个小孩子，八岁的阿宝与六岁的软软，把圆凳子翻转，叫三岁的

————————————

[①] 此第二文在 1957 年版《缘缘堂随笔》中被删去，现仍予恢复。

阿韦坐在里面。他们两人同他抬轿子。不知哪一个人失手，轿子翻倒了。阿韦在地板上撞了一个大响头，哭了起来。乳母连忙来抱起。两个轿夫站在旁边呆看。乳母问："是谁不好？"

阿宝说："软软不好。"

软软说："阿宝不好。"

阿宝又说："软软不好，我好！"

软软也说："阿宝不好，我好！"

阿宝哭了，说："我好！"

软软也哭了，说："我好！"

他们的话由"不好"转到了"好"。乳母已在喂乳，见他们哭了，就从旁调解：

"大家好，阿宝也好，软软也好，轿子不好！"

孩子听了，对翻倒在地上的轿子看看，各用手背揩揩自己的眼睛，走开了。

孩子真是愚蒙。直说"我好"，不知谦让。

所以大人要称他们为"童蒙"，"童昏"，要是大人，一定懂得谦让的方法：心中明明认为自己好而别人不好，口上只是隐隐地或转弯地表示，让众人看，让别人自悟。于是谦虚、聪明、贤慧等美名皆在我了。

讲到实在，大人也都是"我好"的。不过他们懂得谦让的一种方法，不像孩子地直说出来罢了。谦让方法之最巧者，是不但不直说自己好，反而故意说自己不好。明明在谆谆地陈理说义，劝谏君王，必称"臣虽下愚"。明明在自陈心得，辩论正义，或惩斥不良、训诫愚顽，表面上总自称"不佞"、"不慧"或"愚"。习惯之后，"愚"之一字竟通用作第一人称的代名词，凡称"我"处，皆用"愚"。常见自持正义而赤裸裸地骂人的文字函牍中，也称正义的自己为"愚"，而称所骂的人为"仁兄"。这种矛盾，在形式上看来是滑稽的；在意义上想来是虚伪的，阴险的。"滑稽"、"虚伪"、"阴险"，比较大人评孩子的所谓"蒙"、"昏"，丑劣得多了。

对于"自己"，原是谁都重视的。自己的要"生"，要"好"，原是普遍的生命的共通的大欲。今阿宝与软软为阿韦抬轿子，翻倒了轿子，跌痛了阿韦，是谁好谁不好，姑且不论，其表示自己要"好"的手段，是彻底地诚实，纯洁而不虚饰的。

我一向以小孩子为"昏蒙"。今天看了这件事，恍然悟到我们自己的昏蒙了。推想起来，他们常是诚实的，"称心而言"的，而我们呢，难得有一日不犯"言不由衷"的恶德！

唉！我们本来也是同他们那样的，谁造成我们这样呢？

一九二六年作 [1]

---

[1] 本文篇末原未署日期。这里所署的日期是建国后作者自编的《缘缘堂随笔》(人民文学出版社 1957 年 11 月初版) 中篇末所署，比发表于《小说月报》的年代——1927 年早一年。从第一则逃难 (1927 年北伐战争) 的年代来看，从第二则中三个孩子的年龄 (当时用虚年龄) 来看，此文的写作年代应为 1927 年。

与幼女一吟在镇江

1948年，在台湾阿里山与幼女丰一吟观日出。

1954 年在上海，丰子恺与着《凤还巢》戏装的幺女丰一吟。

日月楼中日月长。余闲居沪上日月楼，常与女一吟子新枚共事，读书译作写其景，遥寄星岛，广洽上人用代鱼雁云尔。戊戌子恺。

1956年，与幼女一吟在日月楼合译柯罗连科小说。

1957年，与幼女一吟在扬州五亭桥。

1961 年，春与妻、幼女一吟在黄山温泉。

与三姐、幼女在杭州灵隐喝茶。

送阿宝出黄金时代

阿宝，我和你在世间相聚，至今已十四年了，在这五千多天内，我们差不多天天在一处，难得有分别的日子。我看着你呱呱堕地，嘤嘤学语，看你由吃奶改为吃饭，由匍匐学成跨步。你的变态微微地逐渐地展进，没有痕迹，使我全然不知不觉，以为你始终是我家的一个孩子，始终是我们这家庭里的一种点缀，始终可做我和你母亲的生活的慰安者。然而近年来，你态度行为的变化，渐渐证明其不然。你已在我们的不知不觉之间长成了一个少女，快将变为成人了。古人谓"父母之年不可不知也，一则以喜，一则以惧"。我现在反行了古人的话，在送你出黄金时代的时候，也觉得悲喜交集。

所喜者，近年来你的态度行为的变化，都是你将由孩子变成成人的表示。我的辛苦和你母亲的劬劳似乎有了成绩，私心庆慰。所悲者，你的黄金时代快要度尽，现实渐渐暴露，你将停止你的美丽的梦，而开始生活的奋斗了，我们仿佛丧失了一个从小依傍在身边的孩子，而另得了一个新交的知友。"乐莫乐兮新相知"，然而旧日天真烂漫的阿宝，从此永远不得再见了！

记得去春有一天，我拉了你的手在路上走。落花的风把一阵柳絮吹在你的头发上，脸孔上，和嘴唇上，使你好像冒了雪，生了白胡须。我笑着搂住了你的肩，用手帕为你拂拭。你也笑着，仰起了头依在我的身旁。这在我们原是极寻常的事：以前每天你吃过饭，是我同你洗脸的。然而路上的人向我们注视，对我们窃笑，其意思仿佛在说："这样大的姑娘儿，还在路上教父亲搂住了拭脸孔！"我忽然看见你的身体似乎高大了，完全发育了，已由中性似的孩子变成十足的女性了。我忽然觉得，我与你之间似乎筑起一堵很高、很坚、很厚的无影的墙。你在我的怀抱中长起来，在我的提携中大起来；但从今以后，我和你将永远分居于两个世界了。一刹那间我心中感到深痛的悲哀。我怪怨你何不永远做一个孩子而定要长大起来，我怪怨人类中何必有男女之分。然而怪怨之后立刻破悲为笑。恍悟这不是当然的事，可喜的事么？

记得有一天，我从上海回来。你们兄弟姊妹照例拥在我身旁，等候我从提箱中取出"好东西"来分。我欣然地取出一束巧格力来，分给你们每人一包。你的弟妹们到手了这五色金银的巧格力，照例欢喜得大闹一场，雀跃地拿去尝新了。你受持了这赠品也表示欢喜，跟着弟妹们去了。然而过了几天，我偶然在楼窗中望下来，看见花台旁边，你拿着一包新开的巧格力，正在分给弟妹三人。他们各自争多嫌少，你忙着为他们均分。在一块缺角的巧格力上添了一张五色金银的包纸派给小妹妹了，方才三面公平。他们欢喜地吃糖了，你也欢喜地看他们吃。这使我觉得惊奇。吃巧格力，向来是我家儿童们的一大乐事。因为乡村里只有箬叶包的糖塌饼，草纸包的状元糕，没有这种五色金银的糖果；只有甜煞的粽子糖，咸煞的盐青果，没有这种异香异味的糖果。所以我每次到上海，一定要买些回来分给儿童，借添家庭的乐趣。儿童们切望我回家的目的，大半就在这"好东西"上。你向来也是这"好东西"的切望者之一人。你曾经和弟妹们赌赛谁是最后吃完的；你曾经把五色金银的锡纸积受起来制成华丽的手工品，使弟妹们艳羡。这回你怎么一想，肯把自己的一包藏起来，如数分给弟妹们吃呢？我看你为他们分均匀了之后表示非常的欢喜，同从前赌得了最后吃完时一样，不觉倚在楼上独笑起来。因为我忆起了你小时候的事：十来年之前，你是我家里的一个捣乱分子，每天为了要求的不满足而哭几场，挨母亲打几顿。你吃蛋只要吃蛋黄，不要吃蛋白，母亲偶然夹一筷蛋白在你的饭碗里，你便把饭粒和蛋白乱拨在桌子上，同时大喊"要黄！要黄！"你以为凡物较好者就叫做"黄"。所以有一次你要小椅子玩耍，母亲搬一个小凳子给你，你也大喊"要黄！要黄！"你要长竹竿玩，母亲拿一根"史的克"①给你，你也大喊"要黄！要黄！"你看不起那时候还只一二岁而不会活动的软软。吃东西时，把不好吃的东西留着给软软吃；讲故事时，把不幸的角色派给软软当。向母亲有所要求而不

---

① 英文 stick 的译音，意即手杖。

你给我削瓜，我给你打扇
小爸爸和小妈妈

得允许的时候，你就高声地问："当错软软么？当错软软么？"你的意思以为：软软这个人要不得，其要求可以不允许；而阿宝是一个重要不过的人，其要求岂有不允许之理？今所以不允许者，大概是当错了软软的原故。所以每次高声地提醒你母亲，务要她证明阿宝正身，允许一切要求而后已。这个一味"要黄"而专门欺侮弱小的捣乱分子，今天在那里牺牲自己的幸福来增殖弟妹们的幸福，使我看了觉得可笑，又觉得可悲。你往日的一切雄心和梦想已经宣告失败，开始在遏制自己的要求，忍耐自己的欲望，而谋他人的幸福了；你已将走出惟我独尊的黄金时代，开始在尝人类之爱的辛味了。

　　记得去年有一天，我为了必要的事，将离家远行。在以前，每逢我出门了，你们一定不高兴，要阻住我，或者约我早归。在更早的以前，我出门须得瞒过你们。你弟弟后来寻我不着，须得哭几场。我回来了，倘预知时期，你们常到门口或半路上来迎候。我所描的那幅题曰《爸爸还不来》的画，便是以你和你的弟弟的等我归家为题材的。因为我在过去的十来年中，以你们为我的生活慰安者，天天晚上和你们谈故事，作游戏，吃东西，使你们都觉得家庭生活的温暖，少不来一个爸爸，所以不肯放我离家。去年这一天我要出门了，你的弟妹们照旧为我惜别，约我早归。我以为你也如此，正在约你何时回家和买些什么东西来，不意你却劝我早去，又劝我迟归，说你有种种玩意可以骗住弟妹们的阻止和盼待。原来你已在我和你母亲谈话中闻知了我此行有早去迟归的必要，决意为我分担生活的辛苦了。我此行感觉轻快，但又感觉悲哀。因为我家将少却了一个黄金时代的幸福儿。

以上原都是过去的事，但是常常切在我的心头，使我不能忘却。现在，你已做中学生，不久就要完全脱离黄金时代而走向成人的世间去了。我觉得你此行比出嫁更重大。古人送女儿出嫁诗云："幼为长所育，两别泣不休。对此结中肠，义往难复留。"你出黄金时代的"义往"，实比出嫁更"难复留"，我对此安得不"结中肠"？所以现在追述我的所感，写这篇文章来送你。你此后的去处，就是我这册画集里所描写的世间。我对于你此行很不放心。因为这好比把你从慈爱的父母身旁遣嫁到恶姑的家里去，正如前诗中说："自小闺内训，事姑贻我忧。"事姑取甚样的态度，我难于代你决定。但希望你努力自爱，勿贻我忧而已。

约十年前，我曾作一册描写你们的黄金时代的画集（《子恺画集》）。其序文（《给我的孩子们》）中曾经有这样的话："我的孩子们！我憧憬于你们的生活，每天不止一次！我想委曲地说出来，使你们自己晓得。可惜到你们懂得我的话的时候，你们将不复是可以使我憧憬的人了。这是何等可悲哀的事啊！""但是你们的黄金时代有限，现实终于要暴露的。这是我经验过来的情形，也是大人们谁也经验过来的情形。我眼看见儿时伴侣中的英雄、好汉，一个个退缩、顺从、妥协、屈服起来，到像绵羊的地步。我自己也是如此。'后之视今，亦犹今之视昔'，你们不久也要走这条路呢！"写这些话时的情景还历历在目，而现在你果然已经"懂得我的话"了！果然也要"走这条路"了！无常迅速，念此又安得不结中肠啊！

廿三（1934）年岁暮，选辑近作漫画，定名为《人间相》，付开明出版。选辑既竟，取十年前所刊《子恺画集》比较之，自觉画趣大异。读序文，不觉心情大异。遂写此篇，以为《人间相》辑后感。

与幼子新枚乘坐西湖船

与幼子新枚在上海襄阳公园

1957年，与幼子新枚在扬州瘦西湖。

1943 年家庭合影
后排左起：丰一吟、丰华瞻、丰陈宝、丰元草
前排左起：徐力民、丰新枚、丰子恺

幼子与长孙（左）　仙姊抱新枚（右）

给我的孩子们[①]

　　我的孩子们！我憧憬于你们的生活，每天不止一次！我想委曲地说出来，使你们自己晓得。可惜到你们懂得我的话的意思的时候，你们将不复是可以使我憧憬的人了。这是何等可悲哀的事啊！

　　瞻瞻！你尤其可佩服。你是身心全部公开的真人。你什么事体都像拼命地用全副精力去对付。小小的失意，像花生米翻落地了，自己嚼了舌头了，小猫不肯吃糕了，你都要哭得嘴唇翻白，昏去一两分钟。外婆普陀去烧香买回来给你的泥人，你何等鞠躬尽瘁地抱他，喂他；有一天你自己失手把他打破了，你的号哭的悲哀，比大人们的破产、失恋、broken heart（心碎）、丧考妣、全军覆没的悲哀都要真切。两把芭蕉扇做的脚踏车，麻雀牌堆成的火车、汽车，你何等认真地看待，挺直了嗓子叫"汪——"，"咕咕咕……"，来代替汽笛。宝姐姐讲故事给你听，说到"月亮姐姐挂下一只篮来，宝姐姐坐在篮里吊了上去，瞻瞻在下面看"的时候，你何等激昂地同她争，说"瞻瞻要上去，宝姐姐在下面看！"甚至哭到漫姑[②]面前去求审判。我每次剃了头，你真心地疑我变了和尚，好几

————————

① 本篇曾载 1926 年 12 月 26 日《文学周报》第 4 卷第 6 期，署名：子恺。
② 漫姑，即作者的三姐丰满。

时不要我抱。最是今年夏天，你坐在我膝上发见了我腋下的长毛，当作黄鼠狼的时候，你何等伤心，你立刻从我身上爬下去，起初眼睁睁地对我端相，继而大失所望地号哭，看看，哭哭，如同对被判定了死罪的亲友一样。你要我抱你到车站里去，多多益善地要买香蕉，满满地撷了两手回来，回到门口时你已经熟睡在我的肩上，手里的香蕉不知落在哪里去了。这是何等可佩服的真率、自然，与热情！大人间的所谓"沉默"、"含蓄"、"深刻"的美德，比起你来，全是不自然的，病的，伪的！

你们每天做火车、做汽车、办酒、请菩萨、堆六面画、唱歌，全是自动的，创造创作的生活。大人们的呼号"归自然！""生活的艺术化！""劳动的艺术化！"在你们面前真是出丑得很了！依样画几笔画，写几篇文的人称为艺术家，创作家，对你们更要愧死！

你们的创作力，比大人真是强盛得多哩：瞻瞻！你的身体不及椅子的一半，却常常要搬动它，与它一同翻倒在地上；你又要把一杯茶横转来藏在抽斗里，要皮球停在壁上，要拉住火车的尾巴，要月亮出来，要天停止下雨。在这等小小的事件中，明明表示着你们的小弱的体力与智力不足以应付强盛的创作欲、表现欲的驱使，因而遭逢失败。然而你们是不受大自然的支配，不受人类社会的束缚的创造者，所以你的遭逢失败，例如火车尾巴拉不住，月亮呼不出来的时

候，你们决不承认是事实的不可能，总以为是爹爹妈妈不肯帮你们办到，同不许你们弄自鸣钟同例，所以愤愤地哭了，你们的世界何等广大！

你们一定想：终天无聊地伏在案上弄笔的爸爸，终天闷闷地坐在窗下弄引线的妈妈，是何等无气性的奇怪的动物！你们所视为奇怪动物的我与你们的母亲，有时确实难为了你们，摧残了你们，回想起来，真是不安心得很！

阿宝！有一晚你拿软软的新鞋子，和自己脚上脱下来的鞋子，给凳子的脚穿了，划袜立在地上，得意地叫"阿宝两只脚，凳子四只脚"的时候，你母亲喊着"龌龊了袜子！"立刻擒你到藤榻上，动手毁坏你的创作。当你蹲在榻上注视你母亲动手毁坏的时候，你的小心里一定感到"母亲这种人，何等杀风景而野蛮"吧！

瞻瞻！有一天开明书店送了几册新出版的毛边的《音乐入门》来。我用小刀把书页一张一张地裁开来，你侧着头，站在桌边默默地看。后来我从学校回来，你已经在我的书架上拿了一本连史纸印的中国装的《楚辞》，把它裁破了十几页，得意地对我说："爸爸！瞻瞻也会裁了！"瞻瞻！这在你原是何等成功的欢喜，何等得意的作品！却被我一个惊骇的"哼！"字喊得你哭了。那时候你也一定抱怨"爸爸何等不明"吧！

软软！你常常要弄我的长锋羊毫，我看见了总是无情地夺脱你。现在你一定轻视我，想道："你终于要我画你的画集的封面！"[1]

最不安心的，是有时我还要拉一个你们所最怕的陆露沙医生来。教

---

[1]《子恺画集》的封面画是软软所作。

他用他的大手来摸你们的肚子，甚至用刀来在你们臂上割几下，还要教妈妈和漫姑擒住了你们的手脚，捏住了你们的鼻子，把很苦的水灌到你们的嘴里去。这在你们一定认为太无人道的野蛮举动吧！

孩子们！你们真果抱怨我，我倒欢喜；到你们的抱怨变为感谢的时候，我的悲哀来了！

我在世间，永没有逢到像你们样出肺肝相示的人。世间的人群结合，永没有像你们样的彻底地真实而纯洁。最是我到上海去干了无聊的所谓"事"回来，或者去同不相干的人们做了叫做"上课"的一种把戏回来，你们在门口或车站旁等我的时候，我心中何等惭愧又欢喜！惭愧我为什么去做这等无聊的事，欢喜我又得暂时放怀一切地加入你们的真生活的团体。

但是，你们的黄金时代有限，现实终于要暴露的。这是我经验过来的情形，也是大人们谁也经验过的情形。我眼看见儿时的伴侣中的英雄，好汉，一个个退缩、顺从、妥协、屈服起来，到像绵羊的地步。我自己也是如此。"后之视今，亦犹今之视昔"，你们不久也要走这条路呢！

我的孩子们！憧憬于你们的生活的我，痴心要为你们永远挽留这黄金时代在这册子里。然这真不过像"蜘蛛网落花"略微保留一点春的痕迹而已。且到你们懂得我这片心情的时候，你们早已不是这样的人，我的画在世间已无可印证了！这是何等可悲哀的事啊！

《子恺画集》代序，一九二六年耶诞节作[①]

---

① 作为《子恺画集》代序，本篇篇末所署为：1926年耶稣降诞节，病起，作于炉边。

1948 年摄于杭州寓所前

1951 年，与家人在上海外滩公园。

1954年家庭合影
后排左起：丰华瞻、丰新枚、丰元草、丰一吟
前排左起：丰宛音、徐力民、丰子恺、丰陈宝

家

　　廿六（1937）年冬，我仓皇弃家，徒手出奔。所有图书器物，与缘缘堂同归于尽。廿五（1946）年秋胜利还乡，凭吊故居，但见一片草原，上有野生树木高数丈矣。忽有乡亲持一箱来，曰：此缘缘堂被毁前夕代为冒险抢出者，今以归还物主。启视之，书籍，函牍，书稿，文稿，乱杂残缺，半属废物；惟中有原稿一篇题名为"家"者依然完好。读之。十年前事，憬然在目。稿末无年月，但料是"八一三"左右所作，未及发表，委弃于堂中者。[①]此虎口余生，亦足珍惜。遂为加序，付杂志发表。卅六（1947）年六月十日记。

　　从南京的朋友家里回到南京的旅馆里，又从南京的旅馆里回到杭州的别寓里，又从杭州的别寓里回到石门湾的缘缘堂本宅里，每次起一种感想，逐记如下。

　　当在南京的朋友家里的时候，我很高兴。因为主人是我的老朋友，

① 作者记忆有误，本篇其实曾发表在 1936 年 11 月 16 日《论语》第 100 期（家的专号）上。发表时文末有日期。作者于箱中所发现的或许是自留底稿。作者后来又在文前加此开场白，发表于《文艺知识》连丛第一集之四（1947 年 8 月 1 日）。

我们在少年时代曾经共数晨夕。后来为生活而劳燕分飞，虽然大家形骸老了些，心情冷了些，态度板了些，说话空了些，然而心的底里的一点灵火大家还保存着，常在谈话之中互相露示。这使得我们的会晤异常亲热。加之主人的物质生活程度的高低同我的相仿佛，家庭设备也同我的相类似。我平日所需要的：一毛大洋①一两的茶叶，听头的大美丽香烟，有人供给开水的热水壶，随手可取的牙签，适体的藤椅，光度恰好的小窗，他家里都有，使我坐在他的书房里感觉同坐在自己的书房里相似。加之他的夫人善于招待，对于客人表示真诚的殷勤，而绝无优待的虐待。优待的虐待，是我在作客中常常受到而顶顶可怕的。例如拿了不到半寸长的火柴来为我点香烟，弄得大家仓皇失措，我的胡须几被烧去；把我所不欢喜吃的菜蔬堆在我的饭碗上，使我无法下箸；强夺我的饭碗去添饭，使我吃得停食；藏过我的行囊，使我不得告辞。这种招待，即使出于诚意，在我认为是逐客令，统称之为优待的虐待。这回我所住的人家的夫人，全无此种恶习，但把不缺乏的香烟自来火放在你能自由取得的地方而并不用自来火烧你的胡须；但把精致的菜蔬摆在你能自由挟取的地方，饭桶摆在你能自由添取的地方，而并不勉强你吃；但在你告辞的时光表示诚意的挽留，而并不监禁。这在我认为是最诚意的优待。这使得我非常高兴。英语称勿客气曰 at home②。我在这主人家里作客，真同 at home 一样，所以非常高兴。

---

① 当时角币有大洋小洋之分：一毛大洋合 30 个铜板，一毛小洋合 25 个。

② at home，英文，原义是"在自己家里"，转义是"像在家里一样"，"无拘束"，"舒适自在"。

然而这究竟不是我的 home，饭后谈了一会，我惦记起我的旅馆来。我在旅馆，可以自由行住坐卧，可以自由差使我的茶房，可以凭法币之力而自由满足我的要求。比较起受主人家款待的作客生活来，究竟更为自由。我在旅馆要住四五天，比较起一饭就告别的作客生活来，究竟更为永久。因此，主人的书房的屋里虽然布置妥帖，主人的招待虽然殷勤周至，但在我总觉得不安心。所谓"凉亭虽好，不是久居之所"。饭后谈了一会，我就告别回家。这所谓"家"，就是我的旅馆。

当我从朋友家回到了旅馆里的时候，觉得很适意。因为这旅馆在各点上是称我心的。第一，它的价钱还便宜，没有大规模的笨相，像形式丑恶而不适坐卧的红木椅，花样难看而火气十足的铜床，工本浩大而不合实用、不堪入目的工艺品，我统称之为大规模的笨相。造出这种笨相来的人，头脑和眼光很短小，而法币很多。像暴发的富翁，无知的巨商，升官发财的军阀，即是其例。要看这种笨相，可以访问他们的家。我的旅馆价既便宜，其设备当然不丰。即使也有笨相——像家具形式的丑恶，房间布置的不妥，壁上装饰的唐突，茶壶茶杯的不可爱——都是小规模的笨相，比较起大规模的笨相来，犹似五十步比百步，终究差好些，至少不使人感觉暴殄天物，冤哉枉也。第二，我的茶房很老实，我回旅馆时不给我脱外衣，我洗面时不给我绞手巾，我吸香烟时不给我擦自来火，我叫他做事时不喊"是——是——"，这使我觉得很自由，起居生活同在家里相差不多。因为我家里也有这么老实的一位男工，我就不妨把茶房当作自己的工人。第三，住在旅馆里没有人招待，一切行动都随我意。出门不必对人鞠躬说"再会"，归来也没有人同我寒暄。早晨起来不必向人道"早安"，晚上就寝的迟早也不受别人的牵累。在朋友家作客，虽然也很安乐，总不及住旅馆的自由：看见他家里的人，总得想出几句话来说说，不好不去睬他。脸孔上即使不必硬作笑容，也总要装得和悦一点，不好对他们板脸孔。板脸孔，好像是一种凶相。但我觉得是最自在最舒服的一种表情。我自己觉得，平日独自闭居在家里的房间里读书、写作的时候，脸孔的表情总是严肃的，极难得有独笑或独乐的时光。若拿这种独居时的表情移用在交际应酬的座上，别人一定当我有所不快，在板面孔。据我推想，这一定不止我一人如此。最漂亮的交际家，巧言令色之徒，回到自己家里，或房间里，甚或眠床里，也许要用双手揉一揉脸孔，恢复颜面上的表情筋肉的疲劳，然后板着脸孔皱着眉头回想日间的事，考虑明日的战略。可知无论何人，交际应酬中的脸孔多少总有些不自然，其表情筋肉多少总有些儿吃力。最自然、最舒服的，只有板着脸孔独居的时候。所以，我在孤癖发作的时候，觉得住旅馆比在朋友家作客更自在而舒服。

然而，旅馆究竟不是我的家，住了几天，我惦记起我杭州的别寓来。

在那里有我自己的什用器物，有我自己的书籍文具，还有我自己雇请着的工人。比较起借用旅馆的器物，对付旅馆的茶房来，究竟更为自由；比较起小住四五天就离去的旅馆生活来，究竟更为永久。因此，我睡在旅馆的眠床上似觉有些浮动；坐在旅馆的椅子上似觉有些不稳；用旅馆的毛巾似觉有些隔膜。虽然这房间的主权完全属我，我的心底里总有些儿不安。住了四五天，我就算账回家。这所谓家，就是我的别寓。

当我从南京的旅馆回到了杭州的别寓里的时候，觉得很自在。我年来在故乡的家里蛰居太久，环境看得厌了，趣味枯乏，心情郁结。就到离家乡还近而花样较多的杭州来暂作一下寓公，藉此改换环境，调节趣味。趣味，在我是生活上一种重要的养料，其重要几近于面包。别人都在为了获得面包而牺牲趣味，或者为了堆积法币而抑制趣味。我现在幸而没有走上这两种行径，还可省下半只面包来换得一点趣味。

因此，这寓所犹似我的第二的家。在这里没有作客时的拘束，也没有住旅馆时的不安心。我可以吩咐我的工人做点我所喜欢的家常素菜，夜饭时同放学归来的一子一女共吃。我可以叫我的工人相帮我，把房间的布置改过一下，新一新气象。饭后睡前，我可以开一开蓄音机（唱机），听听新买来的几张蓄音片（唱片）。窗前灯下，我可以在自己的书桌上读我所爱读的书，写我所愿写的稿。月底虽然也要付房钱，但价目远不似旅馆这么贵，买卖式远不及旅馆这么明显。虽然也可以合算每天房钱几角几分。但因每月一付，相隔时间太长，住房子同付房钱就好像不相联关的两件事，或者房钱仿佛白付，而房子仿佛白住。因有此种种情形，我从旅馆回到寓中觉得非常自然。

然而，寓所究竟不是我的本宅。每逢起了倦游的心情的时候，我便惦记起故乡的缘缘堂来。在那里有我故乡的环境，有我关切的亲友，有我自己的房子，有我自己的书斋，有我手种的芭蕉、樱桃和葡萄。比较起租别人的房子，使用简单的器具来，究竟更为自由；比较起暂作借住，随时可以解租的寓公生活来，究竟更为永久。我在寓中每逢要在房屋上略加装修，就觉得要考虑；每逢要在庭中种些植物，也觉得不安心，因而思念起故乡的家来。牺牲这些装修和植物，倒还在其次；能否长久享用这些设备，却是我所顾虑的。我睡在寓中的床上虽然没有感觉像旅馆里那样浮动，坐在寓中的椅上虽然没有感觉像旅馆里那样不稳，但觉得这些家具在寓中只是摆在地板上的，没有像家里的东西那样固定得同生根一般。这种倦游的心情强盛起来，我就离寓返家。这所谓家，才是我的本宅。

当我从别寓回到了本宅的时候，觉得很安心。主人回来了，芭蕉鞠躬，樱桃点头，葡萄棚上特地飘下几张叶子来表示欢迎。两个小儿女跑来牵我的衣，老仆忙着打扫房间。老妻忙着烧素菜，故乡的臭豆腐干，故乡的冬菜，故乡的红米饭。窗外有故乡的天空，门外有打着石门湾土白的行人，这些行人差不多个个是认识的。还有各种负贩的叫卖声，这些叫卖声在我统统是稔熟的。我仿佛从飘摇的舟中登上了陆，如今脚踏实地了。这里是我的最自由、最永久的本宅，我的归宿之处，我的家。我从寓中回到家中，觉得非常安心。

但到了夜深人静，我躺在床上回味上述的种种感想的时候，又不安心起来。我觉得这里仍不是我的真的本宅，仍不是我的真的归宿之处，仍不是我的真的家。四大的暂时结合而形成我这身体，无始以来种种因缘相凑合而使我诞生在这地方。偶然的呢，还是非偶然的？若是偶然的，我又何恋恋于这虚幻的身和地？若是非偶然的，谁是造物主呢？我须得寻着了他，向他那里去找求我的真的本宅，真的归宿之处，真的家。这样一想，我现在是负着四大暂时结合的躯壳，而在无始以来种种因缘凑合而成的地方暂住，我是无"家"可归的。既然无"家"可归，就不妨到处为"家"。上述的屡次的不安心，都是我的妄念所生。想到那里，我很安心地睡着了。

一九三六年十月廿八日

1961 年春节，日月楼前全家福。

与外孙宋菲君在杭州九溪

与幼子新枚和外孙宋菲君在日月楼

"你小叫我外公。小娘舅大，叫我爸爸。"
"将来我同小娘舅一样大了，也叫你爸爸？"

1962年与外孙女杨朝婴、外孙杨子耘在日月楼。

1957年，与外甥女菊初（左一）、阿七（左三）、坤豪（左四）在日月楼。

与妻及孙女南颖在日月楼

自制望远镜，
天空望火星．
仔细看清楚，
他年去旅行．

子恺画

根据外孙宋菲君的科学实验创作的漫画

送 考①

今年的早秋，我送一群小学毕业生到杭州来投考中学。

这一群小学毕业生中，有我的女儿和我的亲戚、朋友家的女儿，送考的也还有好几个人，父母、亲戚或先生。我名为送考，其实没有什么重要责任，因此我颇有闲散心情，可以旁观他们的投考。

坐船出门的一天，乡间旱象已成。运河两岸，水车同体操队伍一般排列着，咿哑之声不绝于耳。村中农夫全体出席踏水，已种田而未全枯的当然要出席，已种田而已全枯的也要出席，根本没有种田的也要出席；有的车上，连妇人、老太婆和十二三岁的孩子也出席。这不是平常的灌溉，这是人与自然奋斗！我在船窗中听了这种声音，看了这种情景，不胜感动。但那班投考的孩子们对此如同不闻不见，只管埋头在《升学指导》、《初中入学试题汇观》等书中。我喊他们：

"喂！抱佛脚没有用！看这许多人工作！这是百年来未曾见过的状态，大家看！"但他们的眼向两岸看了一看，就回到书上，依旧埋头在书中。后来却提出种种问题来考我：

---

① 本篇曾载 1934 年 10 月《中学生》第 48 号。

"穿山甲欢喜吃什么东西？"

"耶稣生时当中国什么朝代？"

"无烟火药是用什么东西制成的？"

"挪威的海岸线长多少里？"

我全被他们难倒了，一个问题都回答不出来。我装着内行的神气对他们说："这种题目不会考的！"他们都笑起来，伸出一根手指点着我，说："你考不出！你考不出！"我老羞并不成怒，笑着，倚在船窗上吸烟。后来听见他们里面有人在教我："穿山甲喜欢吃蚂蚁的！……"我管自看踏水，不去听他们的话；他们也管自埋头在书中不来睬我，直到舍舟登陆。

乘进火车里，他们又拿出书来看；到了旅馆里，他们又拿出书来看。一直看到考的前晚。在旅馆里我们又遇到了另外几个朋友的儿女，大家同去投考。赴考这一天，我五点钟就被他们吵醒，也就起个早来送他们。许多童男童女，各人携了文具，带了一肚皮"穿山甲喜欢吃蚂蚁"之类的知识，坐黄包车去赴考。有几个十二三岁的女孩，愁容满面地上车，好像被押赴刑场似的，看了真有些可怜。

到了晚快，许多孩子活泼地回来了。一进房间就凑作一堆讲话：哪个题目难，哪个题目易；你的答案不错，我的答案错，议论纷纷，沸反盈天。讲了半天，结果有的脸上表示满足，有的脸上表示失望。然而嘴上大家准备不取。男的孩子高声地叫："我横竖不取的！"女的孩子恨恨地说："我取了要死！"

他们每人投考的不止一个学校，有的考二校，有的考三校。大概省立的学校是大家共同投考的。其次，市立的、公立的、私立的、教会的，则各人各选。然而大多数的投考者和送考者的观念中，都把杭州的学校这样地排列着高下等第。明知自己的知识不足，算术做不出，明知省立学校难考取，要十个里头取一个，但宁愿多出一块钱的报名费和一张照片，去碰碰运气看。万一考得取，可以爬得高些。省立学校的"省"字仿佛对他们发散着无限的香气。大家讲起了不胜欣羡。

从考毕到发表的几天之内，投考者之间的空气非常沉闷。有几个女生简直是寝食不安，茶饭无心。他们的胡思梦想在谈话之中反反复复地吐露出来，考得得意的人，有时好像很有把握，在那里探听省立学校的制服的形式了；但有时听见人说："十个人里头取一个，成绩好的不一定统统取"，就忽然心灰意懒，去讨别的学校的招生简章了。考得不得意的人嘴上虽说"取了要死"，但从她们屈指计算发表日期的态度上，可以窥知他们并不绝望。世间不之侥幸的例，万一取了，他们便是"死而复生"，岂不更加欢喜？然而有时他们忽然觉得这太近于梦想，问过了"发表还有几天"之后，立刻接一句"不关我的事"。

我除了早晚听他们纷纷议论之外，白天统在外面跑，或者访友，或者觅画。省立学校录取案发表的一天，奇巧轮到我同去看榜。我觉得看榜这一刻工夫心情太紧张了，不教他们亲自去看。同时我也不愿意代他们去看，便想出一个调剂紧张的方法来：我和一班学生坐在学校附近一

研究
(一)

研究
(二)

研究
(三)

研究
(四)

研 究

所茶店里了，教他们的先生一个人去看，看了回到茶店里来报告。然而这方法缓和得有限。在先生去了约一刻钟之后，大家眼巴巴地望他回来。有的人伸长了脖子向他的去处张望，有的人跨出门槛去等他。等了好久，那去处就变成了十目所视的地方，凡有来人，必牵惹许多小眼睛的注意，其中穿夏布长衫的人尤加触目惊心，几乎可使他们立起身来。久待不来，那位先生竟无辜地成了他们的冤家对头。有的女学生背地里骂他"死掉了"，有的男学生料他"被公共汽车碾死"。但他到底没有死，终于拖了一件夏布长衫，从那去处慢慢地踱回来了。"回来了，回来了"，一声叫后，全体肃静，许多眼睛集中在他的嘴唇上，听候发落。这数秒间的空气的紧张，是我这支自来水笔所不能描写的啊！

"谁取的"，"谁不取"，一一从先生的嘴唇上判决下来。他的每一句话好像一个霹雳，我几乎想包耳朵。受到这霹雳的人有的脸色惨白了，有的脸色通红了，有的茫然若失了，有的手足无措了，有的哭了，但没有笑的人。结果是不取的一半，取的一半。我抽了一口大气，开始想法子来安慰哭的人。我胡乱造出些话来把学校骂了一顿，说它办得怎样不好，所以不取并不可惜。不期说过之后，哭的人果然笑了，而满足的人似乎有些怀疑了。我在心中暗笑，孩子们的心，原来是这么脆弱的啊！教他们吃这种霹雳，真是残酷！

以后在各校录取案发表的时候，我有意回避，不愿再尝那种紧张的滋味。但听说后来的缓和得多，一则因为那些学校被他们认为不好，取不取不足计较；二则小胆儿吓过几回，有些儿麻木了。不久，所有的学生都捞得了一个学校。于是找保人，缴学费，忙了几天。这时候在旅馆中所听到的谈话，都是"我们的学校长，我们的学校短"的一类话了。但这些"我们"之中，其亲切的程度有差别。大概考取省立学校的人所说的"我们"是亲切的，而且带些骄傲。考不取省立学校而只得进他们所认为不好的学校的人的"我们"，大概说得不亲切些。他们预备下年再去考省立学校。

旱灾比我们来时更进步了，归乡水路不通，下火车后须得步行三十里。考取了学校的人都鼓着勇气，跑回家去取行李，雇人挑了，星夜启程跑到火车站，乘车来杭入学。考取省立学校的人尤加起劲，跑路不嫌劳苦，置备入学的用品也不惜金钱。似乎能够考得进去，便有无穷的后望，可以一辈子荣华富贵，吃用不尽似的。

一九三四年九月十日于西湖招贤寺

南颖访问记[①]

　　南颖是我的长男华瞻的女儿。七月初有一天晚上，华瞻从江湾的小家庭来电话，说保姆突然走了，他和志蓉两人都忙于教课，早出晚归，这个刚满一岁的婴孩无人照顾，当夜要送到这里来交祖父母暂管。我们当然欢迎。深黄昏，一辆小汽车载了南颖和他父母到达我家，住在三楼上。华瞻和志蓉有时晚上回来伴她宿，有时为上早课，就宿在江湾，这里由我家的保姆英娥伴她睡。

　　第二天早上，我看见英娥抱着这婴孩，教她叫声公公。但她只是对我看看，毫无表情。我也毫不注意，因为她不会讲话，不会走路，也不哭，家里仿佛新买了一个大洋囡囡，并不觉得添了人口。

　　大约默默地过了两个月，我在楼上工作，渐渐听见南颖的哭声和学语声了。她最初会说的一句话是"阿姨"。这是对英娥有所要求时叫出的。但是后来发音渐加变化，"阿呀"，"阿咦"，"阿也"。这就变成了欲望不满足时的抗议声。譬如她指着扶梯要上楼，或者指着门要到街上去，而大人不肯抱她上来或出去，她就大喊"阿呀！阿呀！"语气中仿佛表示："阿

① 本篇曾收入丰华瞻、戚华蓉编《丰子恺散文选集》(上海文艺出版社1981年5月初版)。

呀！这一点要求也不答应我！"

第二句会说的话是"公公"。然而也许是"咯咯"，就是鸡。因为阿姨常常抱她到外面去看邻家的鸡，她已经学会"咯咯"这句话。后来教她叫"公公"，她不会发鼻音，也叫"咯咯"，大人们主观地认为她是叫"公公"，欢欣地宣传："南颖会叫公公了！"我也主观地高兴，每次看见了，一定抱抱她，体验着古人"含饴弄孙"之趣。然而我知道南颖心里一定感到诧异："一只鸡和一个出胡须的老人，都叫做'咯咯'。人的语言真奇怪！"

此后她的语汇逐渐丰富起来：看见祖母会叫"阿婆"，看见鸭会叫"Ga-Ca"，看见挤乳的马会叫"马马"，要求上楼时会叫"尤尤"（楼楼），要求出外时会叫"外外"，看见邻家的女孩子会叫"几几"（姐姐）。从此我逐渐亲近她，常常把她放在膝上，用废纸画她所见过的各种东西给她看，或者在画册上教她认识各种东西。她对平面形象相当敏感：如果一幅大画里藏着一只鸡或一只鸭，她会找出来，叫"咯咯"、"Ga-Ga"。她要求很多，意见很多，然而发声器官尚未发达，无法表达她的思想，只能用"嗯，嗯，嗯，嗯"或哭来代替言语。有一次她指着我案上的文具连叫"嗯，嗯，嗯，嗯"。我知道她是要那支花铅笔，就对她说："要笔，是不是？"她不嗯了，表示是。我就把花铅笔拿给她，同时教她："说'笔'！"她的嘴唇动动，笑笑，仿佛在说："我原想说'笔'，可是我的嘴巴不听话呀！"

在这期间，南颖会自己走路了。起初扶着凳子或墙壁，后来完全独步了，同时要求越多，意见越多了。她欣赏我的手杖，称它为"都都"。因为她看见我常常拿着手杖上车子去开会，而车子叫"都都"，因此手杖

却羡蜗牛自有家（左）

频年暗泪知多少，才得全家笑语温（右）

也就叫"都都"。她要求我左手抱了她，右手拿着拐杖走路。更进一步，要求我这样地上街去买花。这种事我不胜任，照理应该拒绝。然而我这时候自己已经化作了小孩，觉得这确有意思，就鼓足干劲，一手抱着孩子，一手拿着拐杖，走出里门，在人行道上慢慢地踱步。有一个路人向我注视了一会，笑问："老伯伯，你抱得动吗？"我这才觉悟了我的姿态的奇特：凡拿手杖，总是无力担负自己的身体，所以叫手杖扶助的，可是现在我左手里却抱着一个十五六个月的小孩！这矛盾岂不可笑？

　　她寄居我家一共五个多月。前两个多月像洋囡囡一般无声无息，可是后三个多月她的智力迅速发达，眼见得由洋囡囡变成了一个人，一个全新的人。一切生活在她都是初次经验，一切人事在她都觉得新奇。记得《西青散记》的序言中说："予初生时，怖夫天之乍明乍暗，家人曰：昼夜也；怪夫人之乍有乍无，家人曰：死生也。"南颖此时的观感正是如此。在六十多年前，我也曾有过这种观感。然而六十多年的世智尘劳早已把它磨灭殆尽，现在只剩得依稀仿佛的痕迹了。由于接近南颖，我获得了重温远昔旧梦的机会，瞥见了我的人生本来面目。有时我屏绝思虑，注视着她那天真烂漫的脸，心情就会迅速地退回到六十多年前的儿时，尝到人生的本来滋味。这是最深切的一种幸福，现在只有南颖能够给我。三个多月以来我一直照管她，她也最亲近我。虽然为她相当劳瘁，但是她给我的幸福足可以抵偿。她往往不讲情理，恣意要求。例如当我正在吃饭的时候定要我抱她到"尤尤"去，深夜醒来的时候放声大哭，要求到"外外"去。然而越是恣意，越是天真，越是明显地衬托出世间大人们的虚矫，越是使我感动。所以华瞻在江湾找到了更宽敞的房屋，请到了保姆，要接她回去的时候，我心中发生了一种矛盾：在理智上乐愿她回到父母的新居，但在感情上却深深地对她惜别，从此家里没有了生气蓬勃的南颖，只得像杜甫所说，"寂寞养残生"了。那一天他们准备十点钟动身，我在九点半钟就悄悄地拿了我的"都都"，出门去了。

我十一点钟回家，家人已经把壁上所有为南颖作的画揭去，把所有的玩具收藏好，免得我见物怀人。其实不必如此，因为这毕竟是"欢乐的别离"；况且江湾离此只有一小时的旅程，今后可以时常来往。不过她去后，我闲时总要想念她。并不是想她回来，却是想她作何感想。十七八个月的小孩，不知道世间有"家庭"、"迁居"、"往来"等事。她在这里由洋囡囡变成人，在这里开始有知识；对这里的人物、房屋、家具、环境已经熟悉。她的心中已经肯定这里是她的家了。忽然大人们用车子把她载到另一个地方，这地方除了过去晚上有时看到的父母之外，保姆、房屋、家具、环境都是陌生的。"一向熟悉的公公、阿婆、阿姨哪里去了？一向熟悉的那间屋子哪里去了？一向熟悉的门巷和街道哪里去了？这些人物和环境是否永远没有了？"她的小头脑里一定发生这些疑问。然而无人能替她解答。

我想用事实来替她证明我们的存在，在她迁去后一星期，到江湾去访问她。坐了一小时的汽车，来到她家门前。一间精小的东洋式住宅门口，新保姆抱着她在迎接我。南颖向我凝视片刻，就要我抱，看看我手里的"都都"。然而目光呆滞，脸无笑容，很久默默不语，显然表示惊奇和怀疑。我推测她的小心里正在想："原来这个人还在。怎么在这里出现？那间屋子存在不存在？阿婆、阿姨和'几几'存在不存在？"我要引起她回忆，故意对她说："尤尤"，"公公，都都，外外，买花花。"她的目光更加呆滞了，表情更加严肃了，默默无言了很久。我想这时候她的小心境中大概显出两种情景。其一是：走上楼梯，书桌上有她所见惯的画册、笔砚、烟灰缸、茶杯，抽斗里有她所玩惯的显微镜、颜料瓶、图章、打火机，四周有特地为她画的小图画。其二是：电车道旁边的一家鲜花店、一个满面笑容的卖花人和红红绿绿的许多花，她的小手手拿了其中的几朵，由公公抱回家里，插在茶几上的花瓶里。不知道这时候她心中除了惊疑之外，是喜是悲，是怒是慕。

我在她家逗留了大半天，乘她沉沉欲睡的时候悄悄地离去。她照旧依恋我。这依恋一方面使我高兴，另一方面又使我惆怅：她从热闹的都市里被带到这幽静的郊区，笼闭在这沉寂的精舍里，已经一个星期，可能尘心渐定。今天我去看她，这昙花一现，会不会促使她怀旧而增长她的疑窦？我希望不久迎她到这里来住几天，再用事实来给她证明她的旧居的存在。

一九六〇年仲冬记

冬日可爱

两小无嫌猜

郎骑竹马来

得其所哉，得其所哉。

儿童不知春，问草何故绿。

人散后一钩新月天如水

美与同情

艺术家所见的世界，可说是一视同仁的世界，平等的世界。

艺术家的心，对于世间一切事物都给以热诚的同情。

日月楼横额

穷小孩的跷跷板

有一个人写一封匿名信给我，信壳上左面但写"寄自上海法租界"。信上说："近来在《自由谈》上，几乎每天能见到你的插画……（中略）前数天偶然看见几个穷小孩在玩。他们的玩法，我意颇能作你的画稿的材料。而且很合你向来的作风。现在特地贡献给你，以备采纳。此祝康健。一个敬佩你的读者上。七，十一。"后面又附注："小孩的玩法——先把一条长凳放置地上。再拿一条长凳横跨在上面。这样二个小孩坐在上面一张长凳的两端，仿跷跷板的玩法，一高一低地玩着。"

这是一封"无目的"的无头信。推想这发信人是纯为画的感兴所迫而写这封信给我的。在扰扰攘攘的今世，这也可谓一件小小的异闻。

我闭了眼睛一看，觉得这匿名的通信者所发见的，确是我所爱取的画材。便乘兴背摹了一幅。这两个穷小孩凭了他们的小心的智巧，利用了这现成的材料，造成了这具体而微的运动具。在贫民窟的环境中，这可说是一种十分优异的游戏设备了。我想象这两个穷小孩各据板凳的一端而一高一低地交互上下的时候，脸上一定充满了欢笑。因为他们是无知的幼儿，不曾梦见世间各处运动场里专为儿童置办的种种优良的幸福的设备，对于这简陋的游戏已是十分满足了。这种游戏的简陋，和这两个小孩的穷苦，只有我们旁人感到，他们自己是不知道的。

因此我想到了世间的小孩苦。在这社会里，穷的大人固然苦，穷的小孩更苦！穷的大人苦了，自己能知道其苦，因而能设法免除其苦。穷的小孩苦了，自己还不知道，一味茫茫然地追求生的欢喜，这才是天下之至惨！

闻到隔壁人家饭香，攀住了自家的冷灶头而哭着向娘要白米饭吃。看见邻家的孩子吃火肉粽子，丢掉了自己手里的硬蚕豆而嚷着"也要！"老子落脱了饭碗头回家，孩子抱住了他带回来的铺盖而喊"爸爸买好东西来了！"老棉絮被头上了当铺，孩子抱住了床里新添的稻柴束当洋囡囡玩。讨饭婆背上的孩子捧着他娘的髻子当皮球玩；向着怒骂的不布施者嘤嘤地笑语——我们看到了这种苦况而发生同情的时候，最感触目伤心的不是穷的大人的苦，而是穷的小孩的苦。大人的苦自己知道，同情者只要分担其半；小孩的苦则自己不知道，全部要归同情者担负。那攀住自己的冷灶头

而向娘要白米饭吃的孩子，以为锅子里总应有饭，完全没有知道他老子种出来的米，还粮纳租早已用完，轮不着自己吃了。那丢掉了硬蚕豆而嚷着也要火肉粽子的孩子，只知道火肉粽子比硬蚕豆好吃，他有得吃，我也要吃，全不知道他娘做女工赚来的钱买米还不够。那抱住了老子的铺盖而喊"爸爸买好东西来了"的孩

子，只知道爸爸回家总应该有好东西带来，全不知道社会已把他们全家的根一刀宰断，不久他将变成一张小枯叶了。那抱住了代棉被用的稻草柴当洋囡囡玩的孩子，只觉今晚眠床里变得花样特别新鲜，全不想到这变化的悲哀的原因和苦痛的结果。讨饭婆子背上的孩子也只是任天而动地玩耍嬉笑，全不知道他自己的生命托根在这社会所不容纳的乞丐身上，而正在受人摈斥。看到这种受苦而不知苦的穷的小孩，真是难以为情！这好比看见初离襁褓的孩子牵住了尸床上的母亲的寿衣而喊"要吃甜奶"，我们的同情之泪，为死者所流者少，而为生者所流者多。八指头陀咏小孩诗云："骂之惟解笑，打亦不生嗔。"目前的穷人，多数好比在无辜地受骂挨打：大人们知道被骂被打的苦痛，还能呻吟，叫喊，挣扎，抵抗；小孩们却全不知道，只解嬉笑，绝不生嗔。这不是世间最凄惨的状态吗？

比较起上述的种种现状来，我们这匿名的通信者所发见的穷小孩的游戏，还算是幸福的。他们虽然没有福气入学校，但幸而不须跟娘去捡煤屑，不须跟爷去捉狗屎①，还有游戏的余暇。他们虽然不得享用运动场上为小孩们特制的跷跷板，但幸而还有这两只板凳，无条件地供他们当作运动具的材料。

只恐怕日子过下去，不久他的爷娘要拿两条板凳去换米吃，要带这两个孩子去捡煤屑，捉狗屎了。到那时，我这位匿名的通信者所发见，和我的所画，便成了这两个穷小孩的黄金时代的梦影。

一九三四年七月十四日

---

① 捉狗屎，作者家乡话，意即捡狗屎（作肥料）。

阴历八月十八，我客居杭州。这一天恰好是星期日，寓中来了两位亲友，和两个例假返寓的儿女。上午，天色阴而不雨，凉而不寒。有一个人说起今天是潮辰，大家兴致勃勃起来，提议到海宁看潮。但是我左足趾上患着湿毒，行步维艰还在其次；鞋根拔不起来，拖了鞋子出门，违背新生活运动，将受警察干涉。但为此使众人扫兴，我也不愿意。于是大家商议，修改办法：借了一只大鞋子给我左足穿了，又改变看潮的地点为钱塘江边，三廊庙。我们明知道钱塘江边潮水不及海宁的大，真是"没啥看头"的。但凡事轮到自己去做时，无论如何总要想出它一点好处来，一以鼓励勇气，一以安慰人心。就有人说："今年潮水比往年大，钱塘江潮也很可观。""今天的报上说，昨天江边车站的铁栏都被潮水冲去，二十几个人爬在铁栏上看潮，一时淹没，幸为房屋所阻，不致与波臣为伍，但有四人头破血流。"听了这样的话，大家觉得江干不亚于海宁，此行一定不虚。我就伴了我的两位亲友，带了我的女儿和一个小孩子，一行六人，就于上午十时动身赴江边。我两脚穿了一大一小的鞋子跟在

他们后面。

我们乘公共汽车到三廊庙，还只十一点钟。我们乘义渡过江，去看看杭江路的车站，果有乱石板木狼藉于地，说是昨日的潮水所致的。钱江两岸两个码头实在太长，加起来恐有一里路。回来的时候，我的脚吃不消，就坐了人力车。坐在车中看自己的两脚，好像是两个人的。倘照样画起来，见者一定要说是画错的，但一路也无人注意，只是我自己心虚，偶然逢到有人看我的脚，我便疑心他在笑我，碰着认识的人，谈话之中还要自己先把鞋的特殊的原因告诉他。他原来没有注意我的脚，听我的话却知道了。善于为自己辩护的人，欲掩其短，往往反把短处暴露了。

我在江心的渡船中遥望北岸，看见码头近旁有一座楼，高而多窗，

前无障碍。我选定这是看潮最好的地点。看它的模样，不是私人房屋，大约是茶馆酒店之类，可以容我们去坐的。为了脚痛，为了口渴，为了肚饥，又为了贪看潮的眼福，我遥望这座楼觉得异常玲珑，犹似仙境一般美丽。我们跳上码头，已是十二点光景。走尽了码头，果然看见这座楼上挂着茶楼的招牌，我们欣然登楼。走上扶梯，看见列着明窗净儿，全部

江景被收在窗中，果然一好去处。茶客寥寥，我们六人就占据了临窗的一排椅子。我回头喊堂倌："一红一绿！"

堂倌却空手走过来，笑嘻嘻地对我说："先生，今天是买坐位的，每位小洋四角。"我的亲友们听了这话都立起身来，表示要走。但儿女们不闻不问，只管凭窗眺望江景，指东话西，有说有笑，正是得其所哉。我也留恋这地方，但我的亲友们以为座价太贵，同堂倌讲价，结果三个小孩子"马马虎虎"，我们六个人一共出了一块钱①。先付了钱，方才大家放心坐下。托堂倌叫了六碗面，又买了些果子，权当午饭。大家正肚饥，吃得很快。吃饱之后，看见窗外的江景比前更美丽了。

我们来得太早，潮水要三点钟才到呢。到了一点半钟，我们才看见别人陆续上楼来。有的嫌座价贵，回了下去。有的望望江景，迟疑一下，坐下了。到了两点半钟，楼上的座位已满，嘈杂异常，非复吃面时可比了。我们的座位幸而在窗口，背着嘈杂面江而坐，仿佛身在泾渭界上，另有一种感觉。

三点钟快到，楼上已无立锥之地。后来者无座位，不吃茶，亦不出钱。我们的背后挤了许多人。回头一看，只见观者如堵。

有男有女，有老有少，更有被抱着的孩子。有的坐在桌上，有的立在凳上，有的竟立在桌上。他们所看的，是照旧的一条钱塘江。久之，久之，眼睛看得酸了，腿站得痛了，潮水还是不来。大家倦起来，有的垂头，有的坐下。忽然人丛中一个尖锐的呼声："来了！来了！"大家立刻

---

① 当时角洋有大洋小洋之分，一块钱相当于小洋十二角。

把脖子伸长，但钱塘江还是照旧。原来是一个母亲因为孩子挤得哭了，在那里哄他。

江水真是太无情了，大家越是引颈等候，它的架子越是十足。这仿佛有的火车站里的卖票人，又仿佛有的邮政局收挂号信的，窗栏外许多人等候他，他只管悠然地吸烟。

三点二十分光景，潮水真个来了！楼内的人万头攒动，像运动会中决胜点旁的观者。我也除去墨镜，向江口注视。但见一条同桌上的香烟一样粗细的白线，从江口慢慢向这方面延长来。延了好久，达到西兴方面，白线就模糊了。再过了好久，楼前的江水渐渐地涨起来。浸没了码头的脚。楼下的江岸上略起些波浪，有时打动了一块石头，有时淹没了一条沙堤。以后浪就平静起来，水也就渐渐退却。看潮就看好了。

楼中的人，好像已经获得了什么，各自纷纷散去。我同我亲友也想带了孩子们下楼，但一个小孩子不肯走，惊异地责问我："还要看潮哩！"大家笑着告诉他："潮水已经看过了！"他不信，几乎哭了。多方劝慰，方才收泪下楼。

我实在十分同情于这小孩子的话。我当离座时，也有"还要看潮哩！"似的感觉。似觉今天的目的尚未达到。我从未为看潮而看潮。今

天特地为看潮而来，不意所见的潮如此而已，真觉大失所望。但又疑心自己的感觉不对。若果潮不足观，何以茶楼之中，江岸之上，观者动万，归途阻塞呢？是以问我的亲友，一人云："我们这些人不是为看潮来的，都是为潮神贺生辰来的呀！"这话有理，原来我们都是被"八月十八"这空名所召集的。怪不得潮水毫无看头。回想我在茶楼中所见，除旧有的一片江景外毫无可述的美景。只有一种光景不能忘却：当波浪淹没沙堤时，有一群人正站在沙堤上看潮。浪来时，大家仓皇奔回，半身浸入水中，举手大哭，幸有大人转身去救，未遭没顶。这光景大类一幅水灾图。

看了这图，使人想起最近黄河长江流域各处的水灾，败兴而归。

一九三四年秋日作，曾载《宇宙风》

1918 年 5 月 24 日在杭州，丰子恺（右）与弘一大师、刘质平（左）合影。

1927 年，弘一法师在丰子恺上海寓所前摄。

1948 年 12 月，在福建泉州弘一大师生西处。

今日我来师已去，摩挲杨柳立多时。抗战胜利后，丰子恺随广洽法师拜谒弘一法师故居，看了大师手植的杨柳，感慨万千，后作此画送给广洽法师。

1948 年初，与广洽法师摄于厦门南普陀五老峰后之山麓。

辛丑二月劉質平携所藏

李叔同先生書信二百餘

件來滬攝影、將製版

刊印、協力此作者五人、

合攝此影留念、

　　　　鍾君匋　劉質平

豐一吟　豐子愷

　　吳夢非

1961年在上海编弘公遗墨完成后，与吴梦非、刘质平、钱君匋、丰一吟合影。

　　1928 年弘一大师五十岁生日，丰子恺与大师合作《护生画集》。十年后，弘一大师六十岁时，丰子恺又作六十幅，寄给大师题字并出版，即《护生画集续》。弘一大师希望丰子恺在他七十岁时再作第三集……直到一百岁时作第六集。1942 年弘一法师圆寂，丰子恺仍信守承诺，坚持将护生画的六集完成。

《护生画集》是丰子恺用毕生经历坚守的盟约，即使在今天依然让人慨然心动。

在格致中学高中三年级肄业的新枚患了不很重的肺病，遵医嘱停学在家疗养。生活寂寞，自己发心乘此机会读些诗词，我就做了他的教师，替他讲解《唐诗三百首》和《白香词谱》，每星期一二次。暮春有一天，我教他读姜白石的《扬州慢》：

> 淮左名都，竹西佳处，解鞍少驻初程。过春风十里，尽荠麦青青。自胡马窥江去后，废池乔木，犹厌言兵。渐黄昏，清角吹寒，都在空城。

> 杜郎俊赏，算而今，重到须惊。纵豆蔻词工，青楼梦好，难赋深情。二十四桥仍在，波心荡冷月无声。念桥边红药，年年知为谁生。

这孩子兴味在于词律，一味讲究平平仄仄。我却怀古多情，神游于古代的维扬胜地，缅想当年烟花三月，十里春风之盛。念到"二十四桥仍在"，我忽然发心游览久闻大名而无缘拜识的扬州，立刻收拾《白香词

---

① 本篇原载《新观察》杂志，1958 年 5 月 1 日第 9 期。

谱》，叫他到八仙桥去买明天到镇江的火车票，傍晚他拿了三张火车票回来。同去的是他和他的姐姐一吟。当夜各自准备行囊。

第二天下午，一行三人到达镇江。我们在镇江投宿，下午游览了焦山寺，认识了镇江的市容。下一天上午在江边搭轮船，渡江换乘公共汽车，不消两小时已经到达扬州。向车站里的人问询，他们介绍我们一所新开的公园旅馆。我们乘车投奔这旅馆，果然看见一所新造房子，里面的家具和被褥都是新的。盥洗既毕，斟一杯茶，坐下来休息一下。定神一想：现在我身已在扬州，然而我在一路上所见和在旅馆中所感，全然没有一点古色；但觉这是一个精小的近代都市，清静整洁；男女老幼熙攘往来，怡然操作，悉如他处；其中并无李白、张祜、杜牧、郑板桥、金冬心之类的面影。旅馆的招待员介绍我们到富春去吃中饭。富春是扬州有名的茶点酒菜馆，深藏在巷子里，而入门豁然开朗，范围甚广。点心和肴馔都极精美，

虽然大都是荤的，我只能用眼睛来欣赏，但素菜也做得很好，别有风味。我觉得扬州只是一个小上海、小杭州，并无特殊之处。这在我似乎觉得有些失望，我决定下午去访大名鼎鼎的二十四桥。我预期这二十四桥能够满足我的怀古欲。

到大街上雇车子，说"到二十四桥"。然而年青的驾车

人都不知道，摇摇头。有一个年纪较大的人表示知道，然而他忠告我们："这地方很远，而且很荒凉，你们去做什么？"我不好说"去凭吊"，只得撒一个谎，说"去看朋友"。那人笑着说："那边不大有人家呢！"我很狼狈，支吾地回答："不瞒你说，我们就想看看那个桥。"驾车的人都笑起来。这时候旁边的铺子里走出一位老者来，笑着对驾车人说："你们拉他们去吗，在西门外，他们是来看看这小桥的。"又转向我说："这条桥从前很有名，可是现在荒凉了，附近没有什么东西。"我料想这位老者是读过唐诗，知道"二十四桥明月夜"的。他的笑容很特别，隐隐地表示着："这些傻瓜！"

　　车子走了半小时以上，方才停息在田野中间跨在一条沟渠似的小河上的一爿小桥边。驾车人说："到了，这是二十四桥。"我们下车，大家表示大失所望的样子，除了"啊哟！"以外没有别的话。一吟就拿出照相机来准备摄影。驾车的人看见了，打着土白交谈："来照相的。""要修桥吧？""要开河吗？"我不辩解，我就冒充了工程师，倒是省事。驾车人到树荫下去休息吸烟了。我有些不放心：这小桥到底是否二十四桥。为欲考证确实，我跑到附近田野里一位正在工作的农人那里，向他叩问："同志，这是什么桥？"他回答说："二十四桥。"我还不放心，又跑到桥旁一间小屋子门口，望见里面一位白头老婆婆坐着做针线，我又问："请问老婆婆，这是什么桥？"老婆婆干脆地说："廿四桥。"这才放心，我们就替二十四桥拍照。桥下水涸，最狭处不过七八尺，新枚跨了过去，嘴里念着"波心荡冷月无声"，大家不觉失笑。

　　车子背着夕阳回城去的时候，我耽于暝想了。我首先想到李白"烟花三月下扬州"的名句，觉得正是这个时候。接着想起杜牧的诗："青山隐隐水迢迢，秋尽江南草未凋。二十四桥明月夜，玉人何处教吹箫。""落魄江湖载酒行，楚腰纤细掌中轻。十年一觉扬州梦，赢得青楼薄幸名。""娉娉袅袅十三余，豆蔻梢头二月初。春风十里扬州路，卷上珠帘总不如。"又想起徐凝的诗句："天下三分明月夜，二分无赖是扬州。"又想起王建的诗句："夜市千灯照碧云，高楼红袖客纷纷。"又想起张祜的诗："十里长街市井连，月明桥上看神仙。人生只合扬州死，禅智山光好墓田。"我在吟哦之下，梦见唐朝时候扬州的繁华。我又想起清人所作的《扬州画舫录》，这书中记述着乾隆年间扬州的繁盛景象，十分详尽。我又记起清朝的所谓"扬州八怪"，想象郑板桥、金冬心、罗聘、李方膺、汪士慎、高翔、黄慎、李鲜等潇洒不羁的文人画家寓居扬州时的风流韵事，最后想到描写清兵屠城的《扬州十日记》，打一个寒噤，不再想下去了。

回到旅馆里，询问账房先生，知道扬州有素菜馆。我们就去吃夜饭。这素菜馆名叫小觉林，位在电影院对面。我们在一个小楼上占据了一个雅座。一吟和新枚吃饱了饭，到对面看电影去了。我在小楼中独酌，凭窗闲眺，"十里长街"，"夜市千灯"，却全无一点古风。只见许多穿人民装的男男女女，熙攘往来，怡然共乐，比较起上海的市街来，特别富有节日的欢乐气象。这是什么原故呢？我想了好久，恍然大悟：原来扬州市内晚上没有汽车，马路上很安全，所有的行人都在马路中央幢幢往来，和上海节日电车停驶时的光景相似，所以在我看来特别富有欢乐的气象。我一方面觉得高兴，一方面略感失望。因为我抱着怀古之情而到这淮左名都来巡礼，所见的却是一个普通的现代化城市。

晚餐后我独自在街上徜徉了一会，回到旅馆已经九点多钟。舟车劳顿，观感纷忙，心身略觉疲倦，倒身在床，立刻睡去。忽然听见有人敲门。拭目起床，披衣开门，但见一个端庄而壮健的中年妇人站在门口，满面笑容，打起道地扬州白说："扰你清梦，非常抱歉！"我说："请进来坐，请教贵姓大名。"她从容地走进房间来，在桌子旁边坐下，侃侃而言："我姓扬名州，号广陵，字邗江，别号江都，是本地人氏。知道你老人家特地来访问我，所以前来答拜。我今天曾经到火车站迎接你，又陪伴你赴二十四桥，陪伴你上酒楼，不过没有让你察觉，你的一言一动，一思一想，我都知道。我觉得你对我有些误解，所以特地来向你表白。你不远千里而枉驾惠临，想必乐于听取我的自述吧？"我说："久慕大名，极愿领教！"她从容地自述如下：

"你憧憬于唐朝时代、清朝时代的我，神往于'烟花三月'、'十里春风'的'繁华'景象，企慕'扬州八怪'的'风流韵事'，认为这些是我过去

的光荣幸福，你完全误解了！我老实告诉你：在一九四九年以前，一千多年的长时期间，我不断地被人虐待，受尽折磨，备尝苦楚，经常是身患痼疾，体无完肤，畸形发育，半身不遂；古人所赞美我的，都是虚伪的幸福、耻辱的光荣、忍痛的欢笑、病态的繁荣。你却信以为真，心悦神往地吟赏他们的诗句，真心诚意地想象古昔的盛况，不远千里地跑来凭吊

过去的遗迹，不堪回首地痛惜往事的飘零。你真大上其当了！我告诉你：过去千余年间，我吃尽苦头。他们压迫我，毒害我，用残酷的手段把我周身的血液集中在我的脸面上，又给我涂上脂粉，加上装饰，使得我面子上绚焕灿烂，富丽堂皇，而内部和别的部分百病丛生，残废瘫痪，贫血折骨，臃肿腐烂。你该知道：士大夫们在二十四桥明月下听玉人吹箫，在明桥上看神仙，干风流韵事，其代价是我全身的多少血汗！

"我忍受苦楚，直到一九四九年方才翻身。人民解除了我的桎梏，医治我的创伤，疗养我的疾病，替我沐浴，给我营养，使我全身正常发育，恢复健康。我有生以来不曾有过这样快乐的生活，这才是我的真正的光荣幸福！你在酒楼上看见我富有节日的欢乐气象，的确，七八年来我天天在过节日似的欢乐生活，所以现在我的身体这么壮健，精神这么愉快，生活这么幸福！你以前没有和我会面，没有看到过我的不幸时代，你也是幸福的人！欢迎你多留几天，我们多多叙晤，你会更了解我的光荣幸福，欢喜满足地回上海去，这才不负你此行的跋涉之劳呢！时候不早，你该休息了。我来扰你清梦，很对不起！"她说着就站起身来告辞。

我听了她的一番话，恍然大悟，正想慰问她，感谢她，她已经夺门而出，回头对我说一声"明天会！"就在门外消失了。

我走出门去送她，不料在门槛上绊了一下，跌了一跤，猛然醒悟，原来身在旅馆里的簇新的床铺上簇新的被窝里！啊，原来是一个"扬州梦"！这梦比元人乔梦符的《扬州梦》和清人嵇留山的《扬州梦》有意思得多，不可以不记。

一九五八年春日作

/ 182 /

阿咪者，小白猫也。十五年前我曾为大白猫"白象"写文。白象死后又曾养一黄猫，并未为它写文。最近来了这阿咪，似觉非写不可了。盖在黄猫时代我早有所感，想再度替猫写照。但念此种文章，无益于世道人心，不写也罢。黄猫短命而死之后，写文之念遂消。直至最近，有人送了我这阿咪，此念复萌，不可遏止。率尔命笔，也顾不得世道人心了。

阿咪之父是中国猫，之母是外国猫。故阿咪毛甚长，有似兔子。想是秉承母教之故，态度异常活泼，除睡觉外，竟无片刻静止。地上倘有一物，便是它的游戏伴侣，百玩不厌。人倘理睬它一下，它就用姿态动作代替言语，和你大打交道。此时你即使有要事在身，也只得暂时撇开，与它应酬一下；即使有懊恼在心，也自会忘怀一切，笑逐颜开。哭的孩子看见了阿咪，会破涕为笑呢。

我家平日只有四个大人和半个小孩。半个小孩者，便是我女儿的干女儿，住在隔壁，每星期三天宿在家里，四天宿在这里，但白天总是上学。

因此，我家白昼往往岑寂，写作的埋头写作，做家务的专心家务，肃静无声，有时竟像修道院。自从来了阿咪，家中忽然热闹了。厨房里常有保姆的话声或骂声，其对象便是阿咪。室中常有陌生的笑谈声，是送信人或邮递员在欣赏阿咪。来客之中，送信人及邮递员最是枯燥，往往交了信件就走，绝少开口谈话。自从家里有了阿咪，这些客人亲昵得多了。常常因猫而问长问短，有说有笑，送出了信件还是留连不忍遽去。

访客之中，有的也很枯燥无味。他们是为公事或私事或礼貌而来的，谈话有的规矩严肃，有的啰唆疙瘩，有的虚空无聊，谈完了天气之后只得默守冷场。然而自从来了阿咪，我们的谈话有了插曲，有了调节，主客都舒畅了。有一个为正经而来的客人，正在侃侃而谈之时，看见阿咪姗姗而来，注意力便被吸引，不能再谈下去，甚至我问他也不回答了。又有一个客人向我叙述一件颇伤脑筋之事，谈话冗长曲折，连听者也很吃力。谈至中途，阿咪蹦跳而来，无端地仰卧在我面前了。这客人正在愤慨之际，忽然转怒为喜，停止发言，赞道："这猫很有趣！"便欣赏它，抚弄它，获得了片时的休息与调节。有一个客人带了个孩子来。我们谈

话，孩子不感兴味，在旁枯坐。我家此时没有了小主人可陪小客人，我正抱歉，忽然阿咪从沙发下钻出，抱住了我的脚。于是大小客人共同欣赏阿咪，三人就团结一气了。

后来我应酬大客人，阿咪替我招待小客人，我这主人就放心了。原来小朋友最爱猫，和它厮伴半天，也不厌倦，甚至被它抓出了血也情愿。因为他们有一共通性：活泼好动。女孩子更喜欢猫，逗它玩

它，抱它喂它，劳而不怨。因为她们也有个共通性：娇痴亲昵。

写到这里，我回想起已故的黄猫来了。这猫名叫"猫伯伯"。在我们故乡，伯伯不一定是尊称。我们称鬼为"鬼伯伯"，称贼为"贼伯伯"。故猫也不妨称为"猫伯伯"。大约对于特殊而引人注目的人物，都可讥讽的称之为伯伯。这猫的确是特殊而引人注目的。我的女儿最喜欢它。

有时她正在写稿，忽然猫伯伯跳上书桌来，面对着她，端端正正地坐在稿纸上了。她不忍驱逐，就放下了笔，和它玩耍一会。有时它竟盘拢身体，就在稿纸上睡觉了，身体仿佛一堆牛粪，正好装满了一张稿纸。有一天，来了一位难得光临的贵客。我正襟危坐，专心应对。"久仰久仰"，"岂敢岂敢"，有似演剧。忽然猫伯伯跳上矮桌来，嗅嗅贵客的衣袖。

我觉得太唐突，想赶走它。贵客却抚它的背，极口称赞："这猫真好！"话头转向了猫，紧张的演剧就变成了和乐的闲谈。后来我把猫伯伯抱开，放在地上，希望它去了，好让我们演完这一幕。岂知过得不久，忽然猫伯伯跳到沙发背后，迅速地爬上贵客的背脊，端端正正坐在他的后颈上了！这贵客身体魁梧奇伟，背脊颇有些驼，坐着喝茶时，猫伯伯看来是个小山坡，爬上去很不吃力。此时我但见贵客的天官赐福的面孔上方，露出一个威风凛凛的猫头，画出来真好看呢！我以主人口气呵斥猫伯伯的无理，一面起身捉猫。但贵客摇手阻止，把头低下，使山坡平坦些，让猫伯伯坐得舒服。如此甚好，我也何必做杀风景的主人呢？于是主客关系亲密起来，交情深入了一步。

可知猫是男女老幼一切人民大家喜爱的动物。猫的可爱，可说是群众意见。而实际上，如上所述，猫的确能化岑寂为热闹，变枯燥为生趣，转懊恼为欢笑；能助人亲善，教人团结。即使不捕老鼠，也有功于人生。那么我今为猫写照，恐是未可厚非之事吧？猫伯伯行年四岁，短命而死。这阿咪青春尚只有三个月。希望它长寿健康，像我老家的老猫一样，活到十八岁。这老猫是我的父亲的爱物。父亲晚酌时，它总是端坐在酒壶边。父亲常常摘些豆腐干喂它。六十年前之事，今尤历历在目呢。

一九六二年仲夏于上海作

1938 年 9 月 1 日，丰子恺在桂林出资创办的崇德书店开幕。

1947年在上海梅寓，与京剧大师梅兰芳（左三）、
摄影家郎静山（左一）、记者陈警瓒（左二）合影。

1948年，在上海梅寓携幼女丰一吟与梅兰芳合影。

与妻、幼子新枚、幼女一吟及其俄文老师在上海江湾镇。

蝌 蚪

一

每度放笔，凭在楼窗上小憩的时候，望下去看见庭中的花台的边上，许多花盆的旁边，并放着一只印着蓝色图案模样的洋磁面盆。我起初看见的时候，以为是洗衣物的人偶然寄存着的。在灰色而简素的花台的边上，许多形式朴陋的瓦质的花盆的旁边，配置一个机械制造而施着近代图案的精巧的洋磁面盆，绘画地看来，很不调和，假如眼底展开着的是一张画纸，我颇想找块橡皮来揩去它。

一天、二天、三天，洋磁面盆尽管放在花台的边上。这表示不是它偶然寄存，而负着一种使命。晚快凭窗欲眺的时候，看见放学出来的孩子们聚在墙下拍皮球。我欲知道洋磁面盆的意义，便提出来问他们。才知道这面盆里养着蝌蚪，是春假中他们向田里捉来的。我久不来庭中细看，全然没有知道我家新近养着这些小动物；又因面盆中那些蓝色的图案，细碎而繁多，蝌蚪混迹于其间，我从楼窗上望下去，全然看不出来。蝌蚪是我儿时爱玩的东西，又是学童时代在教科书里最感兴味的东西，说起了可以牵惹种种的回想，我便专诚下楼来看它们。

洋磁面盆里盛着大半盆清水，瓜子大小的蝌蚪十数个，抖着尾巴，

/ 191 /

急急忙忙地游来游去，好象在找寻什么东西。孩子们看见我来欣赏他们的作品，大家围集拢来，得意地把关于这作品的种种话告诉我：

"这是从大井头的田里捉来的。"

"是清明那一天捉来的。"

"我们用手捧了来的。"

"我们天天换清水的呀。"

"这好像黑色的金鱼。"

"这比金鱼更可爱！"

"他们为什么不绝地游来游去？"

"他们为什么还不变青蛙？"

他们的疑问把我提醒，我看见眼前这盆玲珑活泼的小动物，忽然变成一种苦闷的象征。

我见这洋磁面盆仿佛是蝌蚪的沙漠。它们不绝地游来游去，是为了找寻食物。它们的久不变成青蛙，是为了不得其生活之所。这几天晚上，附近田里蛙鼓的合奏之声，早已传达到我的床里了。这些蝌蚪倘有耳，一定也会听见它们的同类的歌声。听到了一定悲伤，每晚在这洋磁面盆里哭泣，亦未可知！它们身上有着泥土水草一般的保护色，它们只合在有滋润的泥土、丰肥的青苔的水田里生活滋长。在那里有它们的营养物，有它们的安息所，有它们的游乐处，还有它们的大群的伴侣。现在被这些孩子们捉了来，关在这洋磁面盆里，四周围着坚硬的洋铁，全身浸着淡薄的白水，所接触的不是同运命的受难者，便是冷酷的珐琅质。任凭它们镇日急急忙忙地游来游去，终于找不到一种保护它们、慰安它们、生息它们的东西。这在它们是一片渡不尽的大沙漠。它们将以幼虫之身，默默地夭死在这洋磁面盆里，没有成长变化，而在青草池塘中唱歌跳舞的欢乐的希望了。

这是苦闷的象征，这是象征着某种生活之下的人的灵魂！

二

我劝告孩子们："你们只管把蝌蚪养在洋磁面盆中的清水里，它们不得充分的养料和成长的地方，永远不能变成青蛙，将来统统饿死在这洋磁面盆里！你们不要当它们金鱼看待！金鱼原是鱼类，可以一辈子长在水里；蝌蚪是两栖类动物的幼虫，它们盼望长大，长大了要上陆，不能长居水里。你看它们急急忙忙地游来游去，找寻食物和泥土，无论如何也找不到，样子多么可怜！"

孩子们被我这话感动了，颦蹙地向洋磁面盆里看。有几人便问我："那么，怎么好呢？"

我说："最好是送它们回家——拿去倒在田里。过几天你们去探访，它们都已变成青蛙，'哥哥，哥哥'地叫你们了。"

孩子们都欢喜赞成，就有两人抬着洋磁面盆，立刻要送它们

欣赏

日月楼中日月长

回家。

我说："天将晚了，我们再留它们一夜明天送回去罢。现在走到花台里拿些它们所欢喜的泥来，放在面盆里，可以让它们吃吃，玩玩。也可让它们知道，我们不再虐待它们，我们先当作客人款待它们一下，明天就护送它们回家。"

孩子们立刻去捧泥，纷纷地把泥投进面盆里去。有的人叫着："轻轻地，轻轻地！看压伤了它们！"

不久，洋磁面盆底里的蓝色的图案都被泥土遮掩。那些蝌蚪统统钻进泥里，一只都看不见了。一个孩子寻了好久，锁着眉头说："不要都压死了？"便伸手到水里拿开一块泥来看。

但见四个蝌蚪密集在面盆底上的泥的凹洞里，四个头凑在一起，尾巴向外放射，好像在那里共食什么东西，或者共谈什么话。忽然一个蝌蚪摇动尾巴，急急忙忙地游了开去。游到别的一个泥洞里去一转，带了别的一个蝌蚪出来，回到原处。

五个人聚在一起，五根尾巴一齐抖动起来，成为五条放射形的曲线，样子非常美丽。孩子们呀呀地叫将起来。我也暂时忘记了自己的年龄，附和着他们的声音呀呀地叫了几声。

随后就有几人异口同声地要求："我们不要送它们回家，我们要养在这里！"我在当时的感情上也有这样的要求；但觉左右为难，一时没有话回答他们，踌躇地微笑着。一个孩子恍然大悟地叫道："好！我们在墙角里掘一个小池塘倒满了水同田里一样，就把它们养在那里。它们大起来变成青蛙，就在墙角里的地上跳来跳去。"大家拍手说"好！"我也附和着说"好！"大的孩子立刻找到种花用的小锄头，向墙角的泥地上去垦。不久，垦成了面盆大的一个池塘。大家说："够大了，够大了！""拿水来，拿水来！"就有两个孩子扛开水缸的盖，用浇花壶提了一壶水来，倾在新开的小池塘里。起初水满满的，后来被泥土吸收，渐渐地浅起来。大家说："水不够，水不够。"小的孩子要再去提水，大的孩子说："不必了，不必了，我们只要把洋磁面盆里的水连泥和蝌蚪倒进塘里，就正好了。"大家赞成。蝌蚪的迁居就这样地完成了。

夜色朦胧，屋内已经上灯。许多孩子每人带了一双泥手，欢喜地回进屋里去，回头叫着："蝌蚪，再会！""蝌蚪，再会！"

"明天再来看你们！""明天再来看你们！"一个小的孩子接着说："它们明天也许变成青蛙了。"

三

洋磁面盆里的蝌蚪，由孩子们给迁居在墙角里新开的池塘里了。孩子们满怀的希望，等候着它们的变成青蛙。我便怅然地想起了前几天遗弃在上海的旅馆里的四只小蝌蚪。

今年的清明节，我在旅中度送。乡居太久了，有些儿厌倦，想调节一下。就在这清明的时节，做了路上的行人。时值春假，一孩子便跟了我走。清明的次日，我们来到上海。十里洋场一看就生厌，还是到城隍庙里去坐坐茶店，买买零星玩意，倒有趣味。孩子在市场的一角看中了养在玻璃瓶里的蝌蚪，指着了要买。出十个铜板买了。后来我用拇指按住了瓶上的小孔，坐在黄包车里带它回旅馆去。

回到旅馆，放在电灯底下的桌子上观赏这瓶蝌蚪，觉得很是别致：这真像一瓶金鱼，共有四只。颜色虽不及金鱼的漂亮，但是游泳的姿势比金鱼更为活泼可爱。当它们潜在瓶边上时，我们可以察知它们的实际的大小只及半粒瓜子。但当它们游到瓶中央时，玻璃瓶与水的凸镜的作用把它们的形体放大，变化参差地映入我们的眼中，样子很是好看。而在这都会的旅馆的楼上的五十支光电灯底下看这东西愈加觉得稀奇。这是春日田中很多的东西。要是在乡间，随你要多少，不妨用斗来量。但在这不见自然面影的都会里，不及半粒瓜子大的四只，便已可贵，要装在玻璃瓶内当作金鱼欣赏了，真有些儿可怜。而我们，原是常住在乡间田畔的人，在这清

明节离去了乡间而到红尘万丈的中心的洋楼上来鉴赏玻璃瓶里的四只小蝌蚪，自己觉得可笑。这好比富翁舍弃了家里的酒池肉林而加入贫民队里来吃大饼油条；又好比帝王舍弃了上苑三千而到民间来钻穴窥墙。

一天晚上，我正在床上休息的时候，孩子在桌上玩弄这玻璃瓶，一个失手，把它打破了。水泛滥在桌子上，里面带着大大小小的玻璃碎片，蝌蚪躺在桌上的

水痕中蠕动，好似涸辙之鱼，演成不可收拾的光景归我来办善后。善后之法，第一要救命。我先拿一只茶杯，去茶房那里要些冷水来，把桌上的四个蝌蚪轻轻地掇进茶杯中，供在镜台上了。然后一一拾去玻璃的碎片，揩干桌子。约费了半小时的扰攘，好容易把善后办完了。去镜台上看看茶杯里的四只蝌蚪，身体都无恙，依然是不绝地游来游去，但形体好像小了些，似乎不是原来的蝌蚪了。以前养在玻璃瓶中的时候，因有凸镜的作用，其形状忽大忽小，变化百出，好看得多。现在倒在茶杯里一看，觉得就只是寻常乡间田里的四只蝌蚪，全不足观。都会真是枪花繁多的地方，寻常之物，一到都会里就了不起。这十里洋场的繁华世界，恐怕也全靠着玻璃瓶的凸镜的作用映成如此光怪陆离。一旦失手把玻璃瓶打破了，恐怕也只是寻常乡间田里的四只蝌蚪罢了。

过了几天，家里又有人来玩上海。我们的房间嫌小了，就改赁大房间。大人、孩子，加以茶房，七手八脚地把衣物搬迁。搬好之后立刻出去看上海。为经济时间计，一天到晚跑在外面，乘车、买物、访友、游玩，少有在旅馆里坐的时候，竟把小房间里镜台上的茶杯里的四只小蝌蚪完全忘却了；直到回家后数天，看到花台边上洋磁面盆里的蝌蚪的时候，方然忆及。现在孩子们给洋磁面盆里的蝌蚪迁居在墙角里新开的小池塘里，满怀的希望，等候着它们的变成青蛙。我更怅然地想起了遗弃在上海的旅馆里的四只蝌蚪。不知它们的结果如何？

大约它们已被茶房妙生倒在痰盂里，枯死在垃圾桶里了？妙生欢喜金铃子，去年曾经想把两对金铃子养过冬，我每次到这旅馆时，他总拿出他的牛筋盒子来给我看，为我谈种种关于金铃子的话。也许他能把对金铃子的爱推移到这四只蝌蚪身上，代我们养着，现在世间还有这四只蝌蚪的小性命的存在，亦未可知。

然而我希望它们不存在。倘还存在，想起了越是可哀！它们不是金鱼，不愿住在玻璃瓶里供人观赏。它们指望着生长、发展，变成了青蛙而在大自然的怀中唱歌跳舞。它们所憧憬的故乡，是水草丰足，春泥粘润的田畴间，是映着天光云影的青草池塘。如今把它们关在这商业大都市的中央，石路的旁边，铁筋建筑的楼上，水门汀砌的房笼内，磁制的小茶杯里，除了从自来水龙头上放出来的一勺之水以外，周围都是磁、砖、石、铁、钢、玻璃、电线和煤烟，都是不适于它们的生活而足以致它们死命的东西。世间的凄凉、残酷和悲惨，无过于此。这是苦闷的象征，这象征着某种生活之下的人的灵魂！

假如有谁来报告我这四只蝌蚪的确还存在于那旅馆中，为了象征的意义，我准拟立刻动身，专赴那旅馆中去救它们出来，放乎青草池塘之中。

近因某种机缘，到一偏僻的小乡镇中的一个古风的高楼中宿了一夜。"金陵津渡小山楼，一宿行人可自愁。"灯昏人静而眠不得的时候，我便想起这两句。其实我并没有愁，读到"自可愁"三字，似觉自己着实有些愁了。此愁之来，我认为是诗句的音调所带给的。"一宿行人可自愁"，这七个字的音调，仿佛短音阶（小音阶）的乐句，自能使人生起一种忧郁的情绪。

这高楼位在镇的市梢。因为很高，能听见市镇中各处的声音。黄昏之初，但闻一片模糊的人声，知道是天气还热，路上有人乘凉，他们的闲话声并成了这一片模糊的声音而传送到我这高楼中。黄昏一深，这小市镇里的人都睡静了。我躺在高楼中的凉床上所能听到的只有两种声音，一种是"析、析、析"，一种是"的、的、的"。我知道前者是馄饨担，后者是圆子担的号音。

于是我想：不必说诗的音调可以感人，就是馄饨担和圆子担的声音，也都具有音调的暗示，能使人闻音而感知其内容。馄饨担用"析、析、析"为号，圆子担用"的、的、的"为号。此法由来已久，且各地大致相同。但我想最初发起用这种声音为号的人，大约经过一番考虑，含有一种用意。

不然，一定是为了这两种声音与这两种食物性状自然相合。在卖者默认这种声音宜为其商品作广告，在闻者也默认这种声音宜为这种食物的暗号，于是通行于各地，沿用至今，被视为一种定规。

试吟味之：这两种声音，在高低，大小，缓急，及音色上，都与这两种食物的性状相暗合。馄饨担上所敲的是一个大毛竹管，其声低，而大，而缓，其音色混浊，肥厚，沉重，而模糊。处处与馄饨的性状相似。午夜高楼，灯昏人静，饥肠辘辘转响的时候，听到这悠长的"柝——柝——柝"自远而近，即使我是不吃肉的人，心目中也会浮出同那声音一样混浊，肥厚，沉重，而模糊的一碗馄饨来。在从来没有见闻过馄饨担的人，当然不会起这感想，我原是为了预先知道而能作如是想的。然而岂是穿凿附会而作此说？不信，请把圆子担的"的、的、的"给他敲了，试想效果如何？我看这种声音完全不能使人联想起馄饨呢！

圆子担上所敲的是两根竹片，其声高，而小，而急；其音色纯粹，清楚，圆滑，而细致。处处与小圆子的性状相似。吾乡称这种圆子为"救命圆子"，言其细小而不能吃饱，仅足以救命而已。试想象一碗纯白，浑圆，细小而甘美的救命圆子，然后再听那清脆，繁急，聒耳的"的、的、的"

之声，可见二者何等融洽。那救命圆子仿佛是具体化的"的、的、的"。那"的、的、的"不啻为音乐化的救命圆子。卖扁豆粥的敲的也是"的、的、的"。但有时稍缓。又显见这两种食物的性状是大同小异的。

西洋曾有一班人耽好感觉的游戏。或作莫名其妙的画，称之为"色彩的音乐"；或设种种的酒，代表音阶上各音，饮时自以为听乐，称之为"味觉的音乐"。我这晚躺在这午夜高楼的凉床上，细味馄饨担与圆子担的声音，颇近于那班人的行径，自己觉得好笑。两副担子从巷的两头相向而来，在我的高楼之下，交手而过。"柝、柝、柝"和"的、的、的"同时齐奏，音调异常地混杂，正仿佛尝了馄饨与圆子混合的椒盐味。

最后我回想到儿时所亲近的糖担。我们称之为"吹大糖"担。挑担的大都是青田人，姓刘。据父老们说，他们都是刘基的后裔。刘伯温能知未来，曾遗嘱其子孙挑吹大糖担，谓必有发达之一日。因此其子孙世守勿懈。又闻吾乡有刘伯温所埋藏宝物多处，至今未被发掘，大约是要留给挑吹大糖担者发掘的。我家邻近一代门口，据说旧有一个石槛，也是刘伯温设置的，谓此一代永无火灾。我幼时对于这种话很感兴味，因此对于挑吹大糖担者更觉可亲。我家邻近一带，我生以来的确没有遭过火灾；我生以前，听大人说也没有遭过火灾。但我看甲挑吹大糖担的人，大都衣衫褴褛，面有菜色，似乎都靠着祖先的遗言在那里吃苦。而且我问他们，有几个并不姓刘，也不是青田人而是江北人。兴味为之大减。以问父老，父老说，他们恐怕我们怪他们来发掘宝物，故意隐瞒的。我的兴味又浓起来。每闻"铛、铛、铛"之声，就向母亲讨了铜板，出去应酬他，或者追随他，盘问他，看他吹糖。他们的手指技法很熟，羊卵脬，葫芦，老鼠偷油，水烟筒，宝塔，都能当众敏捷地吹成，卖给我们玩，玩腻了还好吃。他们对我，精神上，物质上都有恩惠。"铛、铛、铛"这声音，现在我听了还觉得可亲呢。因为锣声暗示力比前两者尤为丰富。其音乐华丽，热闹，兴奋，堂皇。所以我幼时一听到"铛、铛、铛"之声，便可联想那担上的红红绿绿的各种花样的糖，围绕那担子的一群孩子的欢笑，以及糖的甜味。我想象那锣仿佛是一个慈祥、欢喜、和平、博爱的天使，两手擎着许多华丽的糖在路上走，口中高叫"糖！糖！糖！"把糖分赠给大群的孩子。我正是这群孩子中之一人。但这已是三十年的旧心情了。现在所谓可亲的，也只是一种虚空的回忆而已。朦胧中我又想起了"一宿行人可自愁"之句，黯然地入了睡乡。

1954 年，与钱君匋夫妇等在杭州。

　　1962年，与国学大师、书法家马一浮在杭州蒋庄。丰子恺在
每一处常住寓所，几乎都挂有马先生的书法。

与广洽法师在上海日月楼

1959年在十三陵水库，左起叶浅予、丰子恺、王朝闻、王个簃、傅抱石、蒋兆和。

在上海文史馆，左一为王个簃，左三为张聿光，左五为王传焘等。

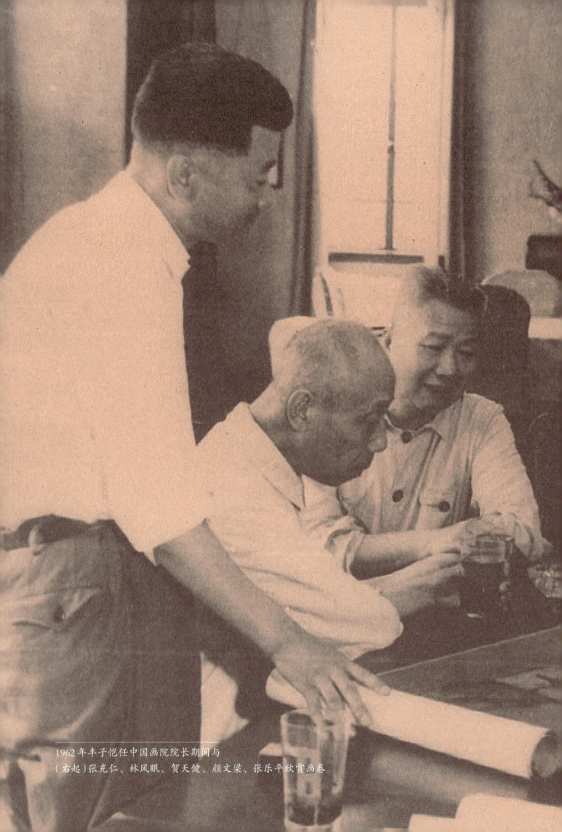

1962年丰子恺任中国画院院长期间与
（右起）张充仁、林风眠、贺天健、颜文梁、张乐平欣赏画卷。

　　闲居，在生活上人都说是不幸的，但在情趣上我觉得是最快适的了。假如国民政府新定一条法律，"闲居必须整天禁锢在自己的房间里"，我也不愿出去干事，宁可闲居而被禁锢。

　　在房间里很可以自由取乐；如果把房间当作一幅画看的时候，其布置就如画的"置陈"了。譬如书房，主人的座位为全局的主眼，犹之一幅画中的 middle point（中心点），须居全幅中最重要的地位。其他自书架、几、椅、藤床、火炉、壁饰、自鸣钟，以至痰盂、纸篓等，各以主眼为中心而布置，使全局的焦点集中于主人的座位，犹之画中的附属物，背景，均须有护卫主物，显衬主物的作用。这样妥帖之后，人在里面，精神自然安定，集中，而快适。这是谁都懂得，谁都可以自由取乐的事。虽然有的人不讲究自己的房间的布置，然走进一间布置很妥帖的房间，一定谁也觉得快适。这可见人都会鉴赏，鉴赏就是被动的创作，故可说这是谁也懂得，谁也可以自由取乐的事。

　　我在贫乏而粗末②的自己的书房里，常常欢喜作这个玩意儿。把几件

----

① 本篇曾载 1927 年 7 月 10 日《小说月报》第 18 卷第 7 号。

② 日语中有此词，意即粗陋、不精致。

粗陋的家具搬来搬去，一月中总要搬数回。搬到痰盂不能移动一寸，脸盆架子不能旋转一度的时候，便有很妥帖的位置出现了。那时候我自己坐在主眼的座上，环视上下四周，君临一切。觉得一切都朝宗于我，一切都为我尽其职司，如百官之朝天，众星之拱北辰。就是墙上一只很小的钉，望去也似乎居相当的位置，对全体为有机的一员，对我尽专任的职司。我统御这个天下，想象南面王的气概，得到几天的快适。

有一次我闲居在自己的房间里，曾经对自鸣钟寻了一回开心。自鸣钟这个东西，在都会里差不多可说是无处不有，无人不备的了。然而它这张脸皮，我看惯了真讨厌得很。罗马字的还算好看；我房间里的一只，又是粗大的数学码子的。数学的九个字，我见了最头痛，谁愿意每天做数学呢！有一天，大概是闲日月中的闲日，我就从墙壁上请它下来，拿油画颜料把它的脸皮涂成天蓝色，在上面画几根绿的杨柳枝，又用硬的黑纸剪成两只飞燕，用浆糊粘住在两只针的尖头上。这样一来，就变成了两只燕子飞逐在杨柳中间的一幅圆额的油画了。凡在三点二十几分，八点三十几分等时候，画的构图就非常妥帖，因为两只飞燕适在全幅中稍偏的位置，而且追随在一块，画面就保住均衡了。辨识时间，没有数目字也是很容易的：针向上垂直为十二时，向下垂直为六时，向左水平为九时，向右水平为三时。这就是把圆周分为四个 quarter（一刻钟），是肉眼也很容易办到的事。一个 quarter 里面平分为三格，就得长针五分钟的距离了，虽不十分容易正确，然相差至多不过一两分钟，只要不是天文台、电报局或火车站里，人家家里上下一两分钟本来是不要紧的。倘眼睛锐利一点，看惯之后，其实半分钟也是可以分明辨出的。这自鸣钟现在还挂在我的房间里，虽然惯用之后不甚新颖了，然终不觉得讨厌，因为它在壁上不是显明的实用的一只自鸣钟，而可以冒充一幅油画。除了空间以外，闲居的时候我又欢喜把一天的生活的情调来比方音乐。如果把一天的生活当作一个乐曲，其经过就像乐章（movement）的移行了。一天的早晨，晴雨如何？冷暖如何？人事的情形如何？犹之第一乐章的开始，先已奏出全曲的根柢的"主题"（theme）。一天的生活，例如事务的纷忙，意外的发生，祸福的临门，犹如曲中的长音阶（大音阶）变为短音阶（小音阶）的，C调变为F调，adagio（柔板）变为allegro（快板），其或昼永人闲，平安无事，那就像始终C调的andante（行板）的长大的乐章了。以气候而论，春日是孟檀尔伸［门德尔松］（Mendelsson），夏日是斐德芬［贝多芬］（Beethoven），秋日是晓邦［肖邦］（Chopin）、修芒［舒曼］（Schumann），

冬日是修斐尔德［舒伯特］（Schubert）。这也是谁也可以感到，谁也可以懂得的事。试看无论什么机关里、团体里，做无论什么事务的人，在阴雨的天气，办事一定不及在晴天的起劲、高兴、积极。如果有不论天气，天天照常办事的人，这一定不是人，是一架机器。只要看挑到我们后门头来卖臭豆腐干的江北人，近来秋雨连日，他的叫声自然懒洋洋地低钝起来，远不如一月以前的炎阳下的"臭豆腐干！"的热辣了。

　　我小时候从李叔同先生学习弹琴，每弹错了一处，李先生回头向我一看。我对于这一看比什么都害怕。当时也不自知其理由，只觉得有一种不可当力，使我难于消受。现在回想起来，方知他这一看的颜面表情中历历表出着对于音乐艺术的尊敬，对于教育使命的严重，和对于我的疏忽的惩诫，实在比校长先生的一番训话更可使我感动。古人有故意误拂琴弦，以求周郎的一顾的；我当时实在怕见李先生的一顾，总是预先练得很熟，然后到他面前去还琴。

　　但是现在，李先生那种严肃的慈祥的脸色已不易再见，却在世间看饱了各种各样的奇异的脸色——当作雕刻或纸脸具看时，倒也很有兴味。

　　在人们谈话议论的坐席中，与其听他们的言辞的意义，不如看他们的颜面的变化，兴味好得多，且在实际上，也可以更深切地了解各人的心理。因为感情的复杂深刻的部分，往往为理义的言说所不能表出，而在"造形的"(plastic)脸色上历历地披露着。不但如此，尽有口上说"是"而脸上明

_____

① 本篇曾载于 1929 年 2 月 10 日《小说月报》第 20 卷第 2 号，署名：子恺。本文首
　二段在 1957 年版《缘缘堂随笔》中被删去，文末最后一句亦删。

明表出"非"的怪事。聪明的对手也能不听其言辞而但窥其脸色，正确地会得其心理。然而我并不想做这种聪明的对手，我最欢喜当作雕刻或纸脸具看人的脸孔。

看惯了脸，以为脸当然如此。但仔细凝视，就觉得颜面是很奇怪的一种形象。同是两眼，两眉，一口，一鼻排列在一个面中，而有万人各不相同的形式。同一颜面中，又有喜，怒，哀，乐，嫉妒，同情，冷淡，阴险，仓皇，忸怩……千万种表情。凡词典内所有的一切感情的形容词，在颜面上都可表演，正如自然界一切种类的线具足于裸体中一样。推究其差别的原因，不外乎这数寸宽广的浮雕板中的形状与色彩的变化而已。

就五官而论，耳朵在表情上全然无用。记得某文学家说，耳朵的形状最表出人类的兽相。我从前曾经取一大张纸，在其中央剪出一洞，套在一个朋友的耳朵上，而单独地观看耳朵的姿态，久之不认识其为耳朵，而越觉得可怕。这大概是为了耳朵一向躲在鬓边，素不登颜面表情的舞台的缘故。只有日本文学家芥川龙之介对于中国女子的耳朵表示敬意，说玲珑而洁白像贝壳。然耳朵无论如何美好，也不过像鬓边的玉兰花一类的装饰物而已，与表情全无关系。实际，耳朵位在脸的边上，只能当做这浮雕板的两个环子，不入浮雕范围之内。

在浮雕的版图内，鼻可说是颜面中的北辰，固定在中央。眉、眼、口，均以它为中心而活动，而做出各种表情。眉位在上方，形态简单；然与眼有表里的关系，处于眼的伴奏者的地位。演奏"颜面表情"的主要旋律的，是眼与口。二者的性质又不相同：照顾恺之的意见，"传神写照，正在阿堵之中"，故其画人常数年不点睛，说"点睛便欲飞去"，则眼是最富于表情的。然而口也不差：肖像画得似否，口的关系居多；试用粉笔在黑板上任意画一颜面，而仅变更其口的形状，大小，厚薄，弯度，方向，地位，可得各种完全不同的表情。故我以为眼与口在颜面表情上同样重要，眼是"色的"；口是"形的"。眼不能移动位置，但有青眼白眼等种种眼色；口虽没有色，但形状与位置的变动在五官中最为剧烈。倘把颜面看作一个家庭，则口是男性的，眼是女性的，两者常常协力而作出这家庭生活中的诸相。

　　然更进一步，我就要想到颜面构造的本质的问题。神造人的时候，颜面的创作是根据某种定理的，抑任意造出的？即颜面中的五官形状与位置的排法是必然的，抑偶然的？从生理上说来，也许是合于实用原则的，例如眉生在眼上，可以保护眼；鼻生在口上，可以帮助味觉。但从造形上说来，不必一定，苟有别种便于实用的排列法，我们也可同样地承认其为颜面，而看出其中的表情。各种动物的颜面，便得按照别种实用的原则而变更其形状与位置的。我们在动物的颜面中，一样可以看出表情，不过其脸上的筋肉不动，远不及人面的表情丰富而已。试仔细辨察狗的颜面，可知各狗的相貌也各不相同。我们平常往往以"狗"的一个概念抹杀各狗的差别，难得有人尊重狗的个性，而费心辨察它们的相貌。这犹之我小时候初到上海，第一次看见西洋人，觉得面孔个个一样，红头巡捕尤其如此。我的母亲每年来上海一二次，看见西洋人总说"这个人又来了"——实则西洋人与印度人看我们，恐怕也是这样。这全是黄白异种的缘故，我们看日本人或朝鲜人就没有这种感觉。这异种的范围推广起来，及于禽兽的时候，即可辨识禽兽的相貌。所以照我想来，人的颜面的形状与位置不一定要照现在的排法，不过偶然排成这样而已。倘变换一种排法，同样地有表情。只因我们久已看惯了现在状态的颜面，故对于这种颜面的表情，辨识力特别丰富又精细而已。

至于眼睛有特殊训练的艺术家，尤其是画家，就能推广其对于颜面表情的辨识力，而在自然界一切生物中看出种种的表情。"拟人化"（personification）的看法即由此而生。在桃花中看出笑颜，在莲花中看出粉脸，又如德国理想派画家 Böcklin（勃克林），其描写波涛，曾画一魔王追扑一弱女，以象征大波的吞没小浪，这可谓拟人化的极致了。就是非画家的普通人，倘能应用其对于颜面的看法于一切自然界，也可看到物象表情。有一个小孩子曾经发现开盖的洋琴〔钢琴〕（piano）的相貌好像露出一口整齐而洁白的牙齿的某先生，Waterman[1] 的墨水瓶姿态像邻家的肥胖的妇人。我叹佩这孩子的造形的敏感。孩子比大人，概念弱而直观强，故所见更多拟人的印象，容易看见物象的真相。艺术家就是学习孩子们这种看法的。艺术家要在自然中看出生命，要在一草一木中发现自己，故必推广其同情心，普及于一切自然，有情化一切自然。

这样说来，不但颜面有表情而已，无名的形状，无意义的排列，在明者的眼中都有表情，与颜面表情一样地明显而复杂。中国的书法便是其一例。西洋现代的立体派等新兴美术又是其一例吧？

一九二八年耶稣圣诞前十日在江湾缘缘堂[2]

---

[1] 华特门，一种墨水的牌子名（原系人名）。

[2] 本文篇末原未署日期。这里所署的日期是发表在《小说月报》时篇末所署。在新中国成立后作者自编的《缘缘堂随笔》（人民文学出版社1957年，11月初版）中，篇末误署为：1929年作。

与程十发在日月楼客厅

1960年，丰子恺和中国画院首批学员。

美与同情

有一个儿童，他走进我的房间里，便给我整理东西。他看见我的挂表的面合复在桌子上，给我翻转来。看见我的茶杯放在茶壶的环子后面，给我移到口子前面来。看见我床底下的鞋子一顺一倒，给我掉转来。看见我壁上的立幅的绳子拖出在前面，搬了凳子，给我藏到后面去。我谢他：

"哥儿，你这样勤勉地给我收拾！"

他回答我说：

"不是，因为我看了那种样子，心情很不安适。"是的，他曾说："挂表的面合复在桌子上，看它何等气闷！""茶杯躲在它母亲的背后，教它怎样吃奶奶？""鞋子一顺一倒，教它们怎样谈话？""立幅的辫子拖在前面，像一个鸦片鬼。"我实在钦佩这哥儿的同情心的丰富。从此我也着实留意于东西的位置，体谅东西的安适了。它们的位置安适，我们看了心情也安适。于是我恍然悟到，这就是美的心境，就是文学的描写中所常用的手法，就是绘画的构图上所经营的问题。这都是同情心的发展。普通人的同情只能及于同类的人，或至多及于动物；但艺术家的同情非常深广，与天地造化之心同样深广，能普及于有情、非有情的一切物类。

我次日到高中艺术科上课，就对她们作这样的一番致词：世间的物有各种方面，各人所见的方面不同。譬如一株树，在博物家，在园丁，在木匠，在画家，所见各人不同。博物家见其性状，园丁见其生息，木匠见其材料，画家见其姿态。但画家所见的，与前三者又根本不同。前三者都有目的，都想起树的因果关系，画家只是欣赏目前的树的本身的姿态，而别无目的。所以画家所见的方面，是形式的方面，不是实用的方面。换言之，是美的世界，不是真善的世界。美的世界中的价值标准，与真善的世界中全然不同，我们仅就事物的形状、色彩、姿态而欣赏，更不顾问其实用方面的价值了。所以一枝枯木，一块怪石，在实用上全无价值，而在中国画家是很好的题材。无名的野花，在诗人的眼中异常美丽。故艺术家所见的世界，可说是一视同仁的世界，平等的世界。艺术家的心，对于世间一切事物都给以热诚的同情。

故普通世间的价值与阶级，入了画中便全部撤销了。画家把自己的心移入于儿童的天真的姿态中而描写儿童，又同样地把自己的心移入于乞丐的病苦的表情中而描写乞丐。画家的心，必常与所描写的对象相共鸣共感，共悲共喜，共泣共笑。倘不具备这种深广的同情心，而徒事手指的刻画，决不能成为真的画家。即使他能描画，所描的至多仅抵一幅照相。

画家须有这种深广的同情心，故同时又非有丰富而充实的精神力不可。倘其伟大不足与英雄相共鸣，便不能描写英雄；倘其柔婉不足与少女相共鸣，便不能描写少女。故大艺术家必是大人格者。

艺术家的同情心，不但及于同类的人物而已，又普遍地及于一切生物、无生物；犬马花草，在美的世界中均是有灵魂而能泣能笑的活物了。

诗人常常听见子规的啼血，秋虫的促织，看见桃花的笑东风，蝴蝶的送春归，用实用的头脑看来，这些都是诗人的疯话。其实我们倘能身入美的世界中，而推广其同情心，及于万物，就能切实地感到这些情景了。画家与诗人是同样的，不过画家注重其形式姿态的方面而已。没有体得龙马的活力，不能画龙马；没有体得松柏的劲秀，不能画松柏。中国古来的画家都有这样的明训。西洋画何独不然？我们画家描一个花瓶，必其心移入于花瓶中，自己化作花瓶，体得花瓶的力，方能表现花瓶的精神。我们的心要能与朝阳的光芒一同放射，方能描写朝阳；能与海波的曲线一同跳舞，方能描写海波。这正是"物我一体"的境涯，万物皆备于艺术家的心中。

为了要有这点深广的同情心，故中国画家作画时先要焚香默坐，涵养精神，然后和墨伸纸，从事表现。其实西洋画家也需要这种修养，不过不曾明言这种形式而已。不但如此，普通的人，对于事物的形色姿态，多少必有一点共鸣共感的天性。房屋的布置装饰，器具的形状色彩，所以要求其美观者，就是为了要适应天性的缘故。眼前所见的都是美的形色，我们的心就与之共感而觉得快适；反之，眼前所见的都是丑恶的形色，我们的心也就与之共感而觉得不快。不过共感的程度有深浅高下不同而已。对于形色的世界全无共感的人，世间恐怕没有；有之，必是天资极陋的人，或理智的奴隶，那些真是所谓"无情"的人了。

在这里我们不得不赞美儿童了。因为儿童大都是最富于同情的，且其同情不但及于人类，又自然地及于猫犬、花草、鸟蝶、鱼虫、玩具等一切事物，他们认真地对猫犬说话，认真地和花接吻，认真地和人像（doll）玩要，其心比艺术家的心真切而自然得多！他们往往能注意大人们所不能注意的事，发见大人们所不能发见的点。所以儿童的本质是艺术的。换言之，即人类本来是艺术的，本来是富于同情的。只因长大起来受了世智的压迫，把这点心灵阻碍或消磨了。唯有聪明的人，能不屈不挠，外部即使饱受压迫，而内部仍旧保藏着这点可贵的心。这种人就是艺术家。

西洋艺术论者论艺术的心理，有"感情移入"之说。所谓感情移入，就是说我们对于美的自然或艺术品，能把自己的感情移入于其中，没入于其中，与之共鸣共感，这时候就经验到美的滋味。我们又可知这种自我没入的行为，在儿童的生活中为最多。他们往往把兴趣深深地没入在游戏中，而忘却自身的饥寒与疲劳。圣书中说："你们不像小孩子，便不得进入天国。"小孩子真是人生的黄金时代！我们的黄金时代虽然已经过去，但我们可以因了艺术的修养而重新面见这幸福、仁爱而和平的世界。

一九二九年九月二十八日

山水间的生活

我家迁住白马湖上后三天，我在火车中遇见一个朋友，对我这样说："山水间虽然清静，但物质的需要不便之外，住家不免寂寞，办学校不免闭门造车，有利亦有弊。"我当时对于这话就起一种感想，后来忙中就忘却了。

现在春晖在山水间已生活了近一年了，我的家庭在山水间已生活了一月多了。我对于山水间的生活，觉得有意义，又想起了火车中的友人的话。写出我的几种感想在下面。

我曾经住过上海，觉得上海住家，邻人都是不相往来，而且敌视的。我也曾做过上海的学校教师，觉得上海的繁华和文明，能使聪明的明白人得到暗示和觉悟，而使悟力薄弱的人收到很恶的影响。我觉得上海虽热闹，实在寂寞，山中虽冷静，实在热闹，不觉得寂寞。就是上海是骚扰的寂寞，山中是清静的热闹。

在火车里的几小时，是在这社会里四五十年的人生的缩图。座位被占，提包被偷等恐慌，就是生活恐慌的缩形。倘嫌山水间的生活的寂寞，而慕都会的热闹，犹之在只乘四五个相熟的人的火车里嫌寂寞，要望别的拥挤着的车子里去。如果有这样的人，他定是要描写拥挤的车子而去观察的小说家，否则是想图利去的 pickpocket（扒手）。

我在教授图画唱歌的时候，觉得以前曾在别处学过图画唱歌的人最难教授，全然没有学过的人容易指导。同样，我觉得在社会里最感到困难的是"因袭的打破难"。许多学校风潮，许多家庭悲剧，许多恶劣的人类分子，都是"因袭的罪恶"，何尝是人间本身的不良。因袭好比遗传，永不断绝。新文化一次输入因袭旧恶的社会里，仿佛注些花露水在粪里，气味更难当。再输入一次，仿佛在这花露水和粪里再注入些香油，又变一种臭气。我觉得无论什么改造，非先除去因袭的恶弊终归越弄越坏。在山水间的学校和家庭，不拘何等孤僻，何等少见闻，何等寂寥，"因袭的传染的隔远"和"改造的容易入手"是实实在在的事实。

　　我从前往往听见人讲到子弟求学或职业等问题，都说："总要出上海（指到上海去）！"听者带着一种对于将来生活的恐慌的自警的态度默应着。把这等话的心理解剖起来，里面含着这样的几个要素：（一）上海确是文明地，冠盖之区，要路津。（二）少年应当策高足，先据这要路津。（三）这就是吾人应走的前途。所谓闭门造车，也是具有这样的内容的话。怀着这样的思想的人，是因袭的奴隶，是因袭的维持者。

　　闭门造车，是指说不符合门外的轨道的大小，造了不能在门外的轨道上运行的车。行车一定要在已成的轨道上吗？这已成的轨道确是引导我们走正路的吗？有了车不能造轨道的吗？在这"闭门造车"一句话里，分明表示着人们的依赖、因袭，和创造力多么薄弱。

　　不造则已，如果要造车，一定非闭门造不可。如果依照已成的轨道而造，所造出的车子和以前已有的车子一样，就在已成的轨道上随波逐流地去了。即使已有的车子是好的，已成的轨道是正的，造车的效力也不过加多了车，不是造车的进步。何况已有的车子或者不好，已成的轨道或者不正呢。

"好久不到都会了，好久不看报了，退步了。"这样说的人也有。实在，进步是前进的意思，进步越快，离社会越远，离社会越远，进步越深（这是厨川白村说的）。子路说道："吾过矣，吾离群而索居，亦已久矣。"这便是子路所以为子路。

"山水间生活，有利亦有弊"，这大概是指清静、空气新鲜、生活程度低……等是利。需要不便、寂寞、闭门造车……等是弊。这是要计较两方的利弊长短而取舍的意思。这话的内容和"新思想并不恶、时势变更了不得已而然的。但从前的习惯一概不好，也不能说"的话同是乡愿的话。

这话的变形，就是"凡物都有明暗两方面的"。这话固然不错。但我觉得明暗是一体的。非但如此，明是因为有暗而益明的。仿佛绘画，明调子因暗调子而益美，暗调子因明调子而也美了。断不是明面好，暗面不好。如果取明而弃暗。就是 Ruskin(罗斯金) 所谓："自然像日光和阴影相交一般混合着优劣两种要素，使双方相互地供给效用和势力的。所以除去阴影的画家，定要在他自己造出来的无荫的沙漠里烧死！"

爱一物，是兼爱它的阴暗两方面。否，没有暗的明是不明的，是不可爱的。我往往觉得山水间的生活，因为需要不便而菜根更香，豆腐更肥。因为寂寥而邻人更亲。

且勿论都会的生活与山水间的生活孰优孰劣，孰利孰弊。人生随处皆不满，欲图解脱，唯于艺术中求之。

一九二三年五月十四日，在小杨柳屋

1975年，与学生胡治均在故乡石门镇西竺庵母校。

1975 年，在故乡与胞妹雪雪。

1975 年，回故乡与众乡亲合影。

谈自己的画

　　去秋语堂①先生来信，嘱我写一篇《谈漫画》。我答允他定写，然而只管不写。为什么答允写呢？因为我是老描"漫画"的人，约十年前曾经自称我的画集为"子恺漫画"，在开明书店出版。近年来又不断地把"漫画"在各杂志和报纸上发表，惹起几位读者的评议。还有几位出版家，惯把"子恺漫画"四个字在广告中连写起来，把我的名字用作一种画的形容词；有时还把我夹在两个别的形容词中间，写作"色彩子恺新年漫画"（见开明书店本年一月号《中学生》广告）。这样，我和"漫画"的关系就好像很深。近年我被各杂志催稿，随便什么都谈，而独于这关系好像很深的"漫画"不谈，自己觉得没理由，而且也不愿意，所以我就答允他一定写稿。为什么又只管不写呢？因为我对于"漫画"这个名词的定义，实在没有弄清楚：说它是讽刺的画，不尽然，说它是速写画，又不尽然；说它是黑和白的画，有色彩的也未始不可称为"漫画"，说它是小幅的画，小幅的不一定都是"漫画"。……原来我的画称为漫画，不是我自己作主的，十年前我初描这种画的时候，《文学周报》编辑部的朋友们说要拿我的"漫画"

---

① 语堂，即林语堂。

去在该报发表。从此我才知我的画可以称为"漫画"，画集出版时我就遵用这名称，定名为"子恺漫画"。这好比我的先生（从前浙江第一师范的国文教师单不厂先生，现在已经逝世了）根据了我的单名"仁"而给我取号为"子恺"，我就一直遵用到今。我的朋友们或者也是有所根据而称我的画为"漫画"的，我就信受奉行了。但究竟我的画为什么称为"漫画"？可否称为"漫画"？自己一向不曾确知。自己的画的性状还不知道，怎么能够普遍地谈论一般的漫画呢？所以我答允了写稿之后，踌躇满胸，只管不写。

最近语堂先生又来信，要我履行前约，说不妨谈我自己的画。这好比大考时先生体恤学生抱佛脚之苦，特把题目范围缩小。现在我不可不缴卷了，就带着眼病写这篇稿子。

把日常生活的感兴用"漫画"描写出来——换言之，把日常所见的可惊可喜可悲可晒之相，就用写字的毛笔草草地图写出来——听人拿去印刷了给大家看，这事在我约有了十年的历史，仿佛是一种习惯了。中国人崇尚"不求人知"，西洋人也有 "What's in your heart let no one know"[①] 的话。我正同他们相反，专门画给人家看，自己却从未仔细回顾已发表的自己的画。偶然在别人处看到自己的画册，或者在报纸、杂志中翻到自己的插画，也好比在路旁的商店的样子窗中的大镜子里照见自己的面影，往往一瞥就走，不愿意细看。这是什么心理？很难自知。勉强平心静气观察自己，大概是为了太稔熟，太关切，表面上反而变疏远了的原故。

---

① 英文，意即：你心里想的，别让人知道。

中国人见了朋友或相识者都打招呼，表示互相亲爱，但见了自己的妻子，反而板起脸不搭白①，表示疏远的样子。我的不欢喜仔细回顾自己的画，大约也是出于这种奇妙的心理的吧。

但现在要我写这个题目，我非仔细回顾自己的画不可了。我找集从前出版的《子恺漫画》、《子恺画集》等书来从头翻阅，又把近年来在各杂志和报纸上发表的画的副稿来逐幅细看，想看出自己的画的性状来，作为本题的材料。结果大失所望。我全然没有看到关于画的事，只是因了这一次的检阅，而把自己过去十年间的生活与心情切实地回味了一遍，心中起了一种不可名状的感慨，竟把画的一事完全忘却了。

因此我终于不能谈自己的画。一定要谈，我只能在这里谈谈自己的生活和心情的一面，拿来代替谈自己的画吧。

约十年前，我家住在上海。住的地方迁了好几处，但总无非是一楼一底的"弄堂房子"，至多添了一间过街楼。现在回想起来，上海这地方真是十分奇妙：看似那么忙乱的，住在那里却非常安闲，家庭这小天地可与忙乱的环境判然地隔离，而安闲地独立。我们住在乡间，邻人总是熟识的，有的比亲戚更亲切，白天门总是开着的，不断地有人进进出出；有了些事总是大家传说的，风俗习惯总是大家共通的。住在上海完全不然。邻人大都不相识，门镇日严扃着，别家死了人与你全不相干。故住在乡间看似安闲，其实非常忙乱，反之，住在上海看似忙乱，其实非常安闲。关了前门，锁了后门，便成一个自由独立的小天地。在这里面由

---

① 搭白，作家家乡方言，意即搭腔。

你选取甚样风俗习惯的生活：宁波人尽管度宁波俗的生活，广东人尽管度广东俗的生活。我们是浙江石门湾人，住在上海也只管说石门湾的土白，吃石门湾式的饭菜，度石门湾式的生活，却与石门湾相去数百里。现在回想，这真是一种奇妙的生活！

除了出门以外，在家里所见的只是这个石门湾式的小天地（以下所谈的，都是我曾经画过的）。有时开出后门去换掉些头发，有时从过街楼上挂下一只篮去买两只粽子，有时从洋台眺望屋瓦间浮出来的纸鸢，知道春已来到上海。但在我们这个小天地中，看不出春的来到。有时几乎天天同样，辨不出今日和昨日。有时连日没有一个客人上门，我妻每天的公事，就是傍晚时光抱了瞻瞻，携了阿宝，到弄堂门口去等我回家。两岁的瞻瞻坐在他母亲的臂上，口里唱着"爸爸还不来！爸爸还不来！"六岁的阿宝拉住了她娘的衣裾，在下面同他和唱。瞻瞻在马路上扰攘往来的人群中认到了带着一叠书和一包食物回家的我，突然欢呼舞蹈起来，几乎使他母亲的手臂撑不住。阿宝陪着他在下面跳舞，也几乎撕破了她母亲衣裾。他们的母亲呢，笑着喝骂他们。当这时候，我觉得自己立刻化身为二人。其一人做了他们的父亲或丈夫，体验着小别重逢时的家庭团圆之乐，另一

个人呢，远远地站了出来，从旁观察这一幕悲欢离合的活剧，看到一种可喜又可悲的世间相。

他们这样地欢迎我进去的，是上述的几与世间绝缘的小天地。这里是孩子们的天下。主宰这天下的，有三个角色，除了瞻瞻和阿宝之外，还有一个是四岁的软软，仿佛罗马的三头政治。日本人有 tototenka（父天下）、kakatenka（母天下）之名，我当时曾模仿他们，戏称我们这家庭为 tsetse-tenka（瞻瞻天下）。因为瞻瞻在这三人之中势力最盛，好比罗马三头政治中的领胄。我呢，名义上是他们的父亲，实际上是他们的臣仆，而我自己却以为是站在他们这政治舞台下面的观剧者。丧失了美丽的童年时代，送尽了蓬勃的青年时代，而初入黯淡的中年时代的我，在这群真率的儿童生活中梦见了自己过去的幸福，觉得了自己已失的童心。我企慕他们的生活天真，艳羡他们的世界广大。觉得孩子们都有大丈夫气，大人比起他们来，个个都虚伪卑怯，又觉得人世间各种伟大的事业，不是那种虚伪卑怯的大人们所能致，都是具有孩子们似的大丈夫气的人所建设的。

我翻到自己的画册，便把当时的情景历历地回忆起来。例如：他们跟了母亲到故乡的亲戚家去看结婚，回到上海的家里时也就结起婚来。他们派瞻瞻做新官人。亲戚家的新官人曾经来向我借一顶铜盆帽。（注：当时我乡结婚的男子，必须戴一顶铜盆帽，穿长衫马褂，好像是代替清朝时代的红缨帽子、外套的。我在上海日常戴用的呢帽，常常被故乡的乡亲借去当作结婚的大礼帽用。）瞻瞻这两岁的小新官人也借我的铜盆帽去戴上了。他们派软软做新娘子。亲戚家的新娘子用红帕子把头蒙住，他们也拿母亲的红包袱把软软的头蒙住了。一个戴着铜盆帽好像苍蝇戴豆壳，一个蒙住红包袱好像猢狲扮把戏，但两人都认真得很，面孔板板的，跨步缓缓的，活像那亲戚家的结婚式中的人物。宝姐姐说"我做媒人"，拉住了这一对小夫妇而教他们参天拜地，拜好了又送他们到用凳子搭成的洞房里。

我家没有一个好凳，不是断了脚的，就是擦了漆的。它们当凳子给我们坐的时候少，当游戏工具给孩子们用的时候多。在孩子们，这种工具的用处真真广大：请酒时可以当桌子用，搭棚棚时可以当墙壁用，做客人时可以当船用，开火车时可以当车站用。他们的身体比凳子高得有限，看他们搬来搬去非常吃力。有时汗流满面，有时被压在凳子底下。但他们好像为生活而拼命奋斗的劳动者，决不辞劳。汗流满面时可用一双泥污的小手来揩摸，披压在凳子底下时只要哭脱几声，就带着眼泪去工作。他们真可说是"快活的劳动者"。哭的一事。在孩子们有特殊的效用。大人们惯说"哭有什么用？"原是为了他们的世界狭窄的原故。在孩子们的广大世界里，哭真有意想不到的效力。譬如跌痛了，只要尽情一哭，比服凡拉蒙灵得多，能把痛完全忘却，依旧遨游于游戏的世界中。又如

泥人跌破了，也只要放声一哭，就可把泥人完全忘却，而热中于别的玩具。又如花生米吃得不够，也只要号哭一下，便好像已经吃饱，可以起劲地去干别的工作了。总之，他们干无论什么事都认真而专心，把身心全部的力量拿出来干。哭的时候用全力去哭，笑的时候用全力去笑，一切游戏都用全力去干。干一件事的时候，把除这以外的一切别的事统统忘却。一旦拿了笔写字，便把注意力全部集中在纸上。纸放在桌上的水痕里也不管，衣袖带翻了墨水瓶也不管，衣裳角拖在火钵里燃烧了也不管。一旦知道同伴们有了有趣的游戏，冬晨睡在床里的会立刻从被窝钻出，穿了寝衣来参加；正在换衣服的会赤了膊来参加；正在洗浴的也会立刻离开浴盆，用湿淋淋的赤身去参加。被参加的团体中的人们对于这浪漫的参加者也恬不为怪，因为他们大家把全精神沉浸在游戏的兴味中，大家入了"忘我"的三昧境，更无余暇顾到实际生活上的事及世间的习惯了。

成人的世界，因为受实际的生活和世间的习惯的限制，所以非常狭小苦闷。孩子们的世界不受这种限制，因此非常广大自由。年纪愈小，其所见的世界愈大。我家的三头政治团中瞻瞻势力最大，便是为了他年纪最小，所处的世界最广大自由的原故。他见了天上的月亮，会认真地要求父母给他捉下来，见了已死的小鸟，会认真地喊它活转来，两把芭蕉扇可以认真地变成他的脚踏车，一只藤椅子①可以认真地变成他的黄包车，戴了铜盆帽会立刻认真地变成新官人，穿了爸爸的衣服会立刻认真

---

① 在漫画中是一辆藤童车。

地变成爸爸。照他的热诚的欲望，屋里所有的东西应该都放在地上，任他玩弄，所有的小贩应该一天到晚集中在我家的门口，由他随时去买来吃弄，房子的屋顶应该统统除去，可以使他在家里随时望见月亮、鹞子和飞机，眠床里应该有泥土，种花草，养着蝴蝶与青蛙，可以让他一醒觉就在野外游戏。看他那热诚的态度，以为这种要求绝非梦想或奢望，应该是人力所能办到的。他以为人的一切欲望应该都是可能的。所以不能达到目的的时候，便那样愤慨地号哭。拿破仑的字典里没有"难"字，我家当时的瞻瞻的词典里一定没有"不可能"之一词。

我企慕这种孩子们的生活的天真，艳羡这种孩子们的世界的广大。或者有人笑我故意向未练的孩子们的空想界中找求荒唐的乌托邦，以为逃避现实之所，但我也可笑他们的屈服于现实，忘却人类的本性。我

想，假如人类没有这种孩子们的空想的欲望，世间一定不会有建筑、交通、医药、机械等种种抵抗自然的建设，恐怕人类到今日还在茹毛饮血呢。所以我当时的心，被儿童所占据了。我时时在儿童生活中获得感兴。玩味这种感兴，描写这种感兴，成了当时我的生活的习惯。

欢喜读与人生根本问题

有关的书，欢喜谈与人生根本问题有关的话，可说是我的一种习性。我从小不欢喜科学而欢喜文艺。为的是我所见的科学书，所谈的大都是科学的枝末问题，离人生根本很远，而我所见的文艺书，即使最普通的《唐诗三百首》《白香词谱》等，也处处含有接触人生根本而耐人回味的字句。例如我读了"想得故园今夜月，几人相忆在江楼"，便会设身处地地做了思念故园的人，或江楼相忆者之一人，而无端地兴起离愁。又如读了"流光容易把人抛，红了樱桃，绿了芭蕉"，便会想起过去的许多的春花秋月，而无端地兴起惆怅。我看见世间的大人都为生活的琐屑事件所迷着，都忘记人生的根本，只有孩子们保住天真，独具慧眼，其言行多足供我欣赏者。八指头陀诗云："吾爱童子身，莲花不染尘。骂之唯解笑，打亦不生嗔。对境心常定，逢人语自新。可慨年既长，物欲蔽天真。"我当时曾把这首诗用小刀刻在香烟嘴的边上。

这只香烟嘴一直跟随我，直到四五年前，有一天不见了。以后我不再刻这诗在什么地方。四五年来，我的家里同国里一样的多难：母亲病了很久，后来死了，自己也病了很久，后来没有死。这四五年间，我心中不觉得有什么东西占据着，在我的精神生活上好比一册书里的几页空白。现在，空白页已经翻厌，似乎想翻出些下文来才好。我仔细向自己的心头探索，觉得只有许多乱杂的东西忽隐忽现，却并没有一物强固地占据着。我想把这几页空白当作被开的几个大"天窗"，使下文仍旧继续前文，然而很难能。因为昔日的我家的儿童，已在这数年间不知不觉地变成了少年少女，行将变为大人。他们已不能像昔日的占据我的心了。

我原非一定要拿自己的子女来作为儿童生活赞美的对象，但是他们由天真烂漫的儿童渐渐变成拘谨驯服的少年少女，在我眼前实证地显示了人生黄金时代的幻灭，我也无心再来赞美那昙花似的儿童世界了。

古人诗云："去日儿童皆长大，昔年亲友半凋零。"这两句确切地写出了中年人的心境的虚空与寂寥。前天我翻阅自己的画册时，陈宝（就是阿宝，就是做媒人的宝姐姐）、宁馨（就是做新娘子的软软）、华瞻（就是做新官人的瞻瞻）都从学校放寒假回家，站在我身边同看。看到"瞻瞻新官人，软软新娘子，宝姐姐做媒人"的一幅，大家不自然起来。宁馨和华瞻脸上现出忸怩的笑，宝姐姐也表示决不肯再做媒人了。他们好比已经换了另一班人，不复是昔日的阿宝、软软和瞻瞻了。昔日我在上海的小家庭中所观察欣赏而描写的那群天真烂漫的孩子，现在早已不在人间了！他们现在都已疏远家庭，做了学校的学生。他们的生活都受着校规的约束，社会制度的限制，和世智的拘束，他们的世界不复像昔日那样广大自由，他们早已不做房子没有屋顶和眠床里种花草的梦了。他们已不复是"快活的劳动者"，正在为分数而劳动，为名誉而劳动，为知识而劳动，为生活而劳动了。

我的心早已失了占据者。我带了这虚空而寂寥的心，彷徨在十字街头，观看他们所转入的社会，我想象这里面的人，个个是从那天真烂漫、广大自由的儿童世界里转出来的。但这里没有"花生米不满足"的人，却有许多面包不满足的人。这里没有"快活的劳动者"，只见锁着眉头的引车者，无食无衣的耕织者，挑着重担的颁白者，挂着白须的行乞者。这里面没有像孩子世界里所闻的号啕的哭声，只有细弱的呻吟，吞声的呜咽，幽默的冷笑，和愤慨的沉默。这里面没有像孩子世界中所见的不屈不挠的大丈夫气，却充满了顺从，屈服，消沉，悲哀，和诈伪，险恶，卑怯的状态。我看到这种状态，又同昔日带了一叠书和一包食物回家，而在弄堂门口看见我妻提携了瞻瞻和阿宝等候着那时一样，自己立刻化身为二人。其一人做了这社会里的一分子，体验着现实生活的辛味；另一人远远地站出来，从旁观察这些状态，看到了可惊可喜可悲可哂的种种世间相。然而这情形和昔日不同：昔日的儿童生活相能"占据"我的心，能使我归顺它们，现在的世间相却只是常来"袭击"我这空虚寂寥的心，而不能占据，不能使我归顺。因此我的生活的册子中，至今还是继续着空白的页，不知道下文是什么。也许空白到底，亦未可知啊。

为了代替谈自己的画，我已把自己十年来的生活和心情的一面在这里谈过了。但这文章的题目不妨写作"谈自己的画"。因为：一则我的画与我的生活相关联，要谈画必须谈生活，谈生活就是谈画。二则我的画既不摹拟什么八大山人、七大山人的笔法，也不根据什么立体派、平面派的理论，只是像记账般地用写字的笔来记录平日的感兴而已。因此关于画的本身，没有什么话可谈，要谈也只能谈谈作画时的因缘罢了。

一九三五年二月四日

1949 年的丰子恺先生

在上海襄阳公园

1955 年，在莫干山芦荡公园。

　　1959年在日月楼院内打太极拳。丰子恺先生说:"我以为人的生活,可以分作三层:一是物质生活,二是精神生活,三是灵魂生活。物质生活就是衣食。精神生活就是学术文艺。灵魂生活就是宗教。'人生'就是这样的一个三层楼。"丰家后人喜欢这段话,把它贴在日月楼二楼至三楼的拐弯处。

在日月楼作画

1960年，在北京景山。

1961 年，在黄山写生。

1963年，在宁波雪窦山妙高台。

1963年，在扬州平山堂前即景作诗。

1963 年春节在日月楼

我对于儿女的关心与悬念中，有一部分是对于孩子们——普天下的孩子们——的关心与悬念。

——丰子恺

1962年，在上海襄阳公园为孩子们写生。

鸣 谢

长宁区推进学习型城区建设指导委员会办公室
上海市长宁区业余大学（社区学院）
上海市丰子恺旧居陈列室
浙江省桐乡市丰子恺纪念馆
浙江省桐乡市文化广电新闻出版局
博悦读书会
上海大学博物馆

马永飞　丰一吟　朱立利　朱显因　宋雪君　杨子耘　杨朝婴
李信之　吴　达　周立民　姚　倬　姚震天　董　岚　戴　剑
张　莹　姜海涛　吴　钧　走　走　宋怀强　吴利民　吴赟娇

策 划

陆杰城市影像工作室
LuJie City Image Studio

溺々秋風起，高樓日月長。窗明書解語，几淨墨生香。叢菊迎朝日，寒蟬送夕陽。夾衫新得寵，團扇漸相忘。軟玉鑑前靜，青紗帳裏涼。長河低入戶，明月近窺窗。一枕尋新夢，三杯入醉鄉。詩情秋更逸，何用惜春光　詩

日月樓秋興詩

辛丑中秋後三日　子愷

图书在版编目（CIP）数据

日月楼中日月长 / 丰子恺著. -- 上海：上海文化
出版社，2017.8
ISBN 978-7-5535-0828-3

Ⅰ.①日… Ⅱ.①丰… Ⅲ.①丰子恺—生平事迹—摄
影集②随笔—作品集—中国—当代③漫画—作品集—中国
—现代 Ⅳ.① K825.72 ② I267.1 ③ J228.2

中国版本图书馆 CIP 数据核字（2017）第 174017 号

发 行 人：冯 杰
出 版 人：姜逸青

责任编辑：赵光敏
特约编辑：牟文迪
装帧设计：介太书衣 叶珺 方明

书 名：日月楼中日月长
作 者：丰子恺
影像授权：丰一吟
出 版：上海世纪出版集团 上海文化出版社
地 址：上海市绍兴路 7 号 200020
发 行：上海世纪出版股份有限公司发行中心
上海福建中路 193 号 200001 www.ewen.co
印 刷：上海丽佳彩色制版印刷有限公司
开 本：787×1092 1/16
印 张：17
插 页：1.5
印 次：2017 年 8 月第一版 2017 年 8 月第一次印刷
国际书号：ISBN 978-7-5535-0828-3/I.267
定 价：68.00 元

告读者 本书如有质量问题请联系印刷厂质量科
T：021-64855582